ALexanDer
FeST
VerLaG

Jerome Charyn

Die dunkle Schöne aus Weißrußland

Aus dem Amerikanischen
von Eike Schönfeld

Alexander Fest Verlag

Für Faigele und Sergeant Sam

Brief aus Mogilew

Wenn wir auf die Straße gingen, ein Wunderknabe in kurzen Hosen und seine Mutter, die so herausfordernd schön war, daß alles Treiben zum Erliegen kam, betraten wir eine Zeitlupenwelt, in der Frauen, Männer, Kinder, Hunde, Katzen und Feuerwehrleute in ihren Autos sie mit einer solchen Sehnsucht in den Augen ansahen, daß ich mir vorkam wie ein Usurpator, der sie auf einen anderen Hügel verschleppte. 1942 war ich erst fünf, ein nervöser Junge, der nicht mal seinen eigenen Namen buchstabieren konnte. Meine Mutter trug ihren Silberfuchsmantel, den ihr mein Vater Sam, der Vorarbeiter in einer Pelzwerkstatt in Manhattan war, entworfen und zugeschnitten hatte. Der Mantel war Schmuggelware und hätte eigentlich bei der Navy sein sollen. Die Werkstatt meines Vaters hatte einen Vertrag mit dem Kriegsministerium, dem zufolge sie die Navy mit pelzgefütterten Westen beliefern sollte, damit die Admirale und gemeinen Matrosen an Bord eines Schlachtschiffs nicht erfroren.

Es war eine dunkle, romantische Zeit. Die Bronx lag dicht am Atlantik, ohne eine ordentliche Seemauer, und es ging die Rede von Überfallkommandos, die von einem raffinierten U-Boot aus in kleinen Gummibooten landen, sich in die Abwasserkanäle einschleusen und meinen Heimatboden verschlingen würden. Doch auf unseren Gängen sah ich keinen Nazi. Und was hätte so einer auch gegen die schimmernde Silhouette meiner Mutter in ihrem Silberfuchsmantel ausgerichtet? Sie war 1911 geboren, wie Ginger Rogers und Jean Harlow, aber sie hatte nicht deren Platinlook: Sie war die dunkle Schöne aus Weißrußland.

Wir waren nicht zum Vergnügen unterwegs. Es war unser täglicher Gang zum Postamt, wo meine Mutter einen Brief aus Mogilew in Weißrußland erwartete; dort lebte ihr Bruder, ein Lehrer, der sie nach dem Tod ihrer Mutter großgezogen hatte. Ich weiß nicht mehr, warum dieser Brief nicht zu dem Briefkasten in unserem Haus gebracht werden konnte. Hatten die Deutschen Mogilew eingenommen, und konnte mein Onkel daher nur über irgendein Geheimsystem im sowjetischen Untergrund schreiben?

Immer wenn meine Mutter erschien, kam der Postmeister hinter seinem Fenster hervor. Er war ein griesgrämiger kleiner Mann, der Pantoffeln trug und gern seine Sekretäre anschnauzte. Aber zu dem kleinen Jungen der dunklen Schönen war er nett. Er nahm mich mit auf seine Seite der Wand und zeigte mir den »Friedhof«, einen riesigen Sack, in dem all die toten Briefe lagen, traurige, unzustellbare Sachen mit Briefmarken vom ganzen Planeten. Ich wühlte den Haufen durch, betrachtete die Bilder auf den Marken, roch am Klebstoff, während der Postmeister meiner Mutter die Hand drückte. Doch nicht einmal dieser Hexenmeister der Post konnte einen Brief aus Mogilew herbeizaubern.

Auf dem Nachhauseweg, der uns über Hügel um Hügel führte, zitterte sie immer. Sie ging wie eine Betrunkene.

Von meiner Mutter lernte ich, wie die Erinnerung einen umbringen kann. Solange sie Nachricht aus Mogilew hatte, hielt sie sich aufrecht. Doch mitten in einem Krieg gab es keine Nachricht, nur Berge toter Briefe in Kästen zwischen Weißrußland und der Bronx.

Sie fing an zu rauchen. Und ich mußte ein fallen gelassenes Streichholz austreten und auf die kleinen Flammen einschlagen, die sich hinter ihr anhäuften. Ich staubte die Wände mit einem Mop ab und beaufsichtigte die Gans meiner Mutter, öffnete die Herdtür und stach mit einer Gabel in den Vogel, bis er so war, wie mein Vater ihn mochte, dunkel, trocken und schuhsohlenzäh.

Ich stellte ihm seinen Whiskey auf den Tisch, schenkte ihm ein und plapperte ohne Ende, fragte ihn jeden Unsinn, der mir in den Sinn kam, um das Schweigen meiner Mutter zu tarnen. Aber kaum hatte er das Haus verlassen, tat sie so, als riefe ihr Bruder aus Mogilew an (wir hatten gar kein Telephon), und dann lachte und weinte sie in einem Russisch, das so melodiös war, daß ich ganz irre wurde und glaubte, *jede* Sprache verdanke ihr Entstehen einem Phantomtelephon.

Ihr Englisch hatte keine Musik; es war stockend und grausam, wie eine verknotete Zunge. Ich dagegen war ziemlich clever. Ich klammerte mich an ihre Sätze wie an Bausteine und sang meine eigenen halbgaren Satzlieder. »Auf dem Meer, Mama, geht viel kaputte Schiffe unter.« Ich war nie auf dem Meer gewesen. Doch ich konnte mir den großen Atlantik vorstellen, in dem die deutschen U-Boote wie Krokodile umherstrichen. Meine Mutter hatte mir versprochen, mit mir über die Brücke nach Manhattan zu gehen und mir die Ozeanriesen zu zeigen, die auf dem Hudson angeleint waren und nicht in den

Krieg ziehen konnten. Immer aber hatte sie den Brief aus Mogilew im Kopf, und sie schien nicht in der Lage, die simple Logik unseres Ausflugs umzusetzen.

Und so saßen wir in der Bronx fest. Meine Mutter wurde immer trübseliger. Eine Stunde lang stand sie vor dem Spiegel mit einem Töpfchen Rouge und einem Lippenstift und bemalte sich das Gesicht. Dann fing sie an zu weinen und ruinierte ihre ganze Arbeit, gewaltige Tränen fraßen sich mit ihrer salzigen Säure in die Schminke. Ich folgte ihr auf die Straße und weiter zum Postamt, die Leute starrten auf diesen Makel der dunklen Frau, die Spuren auf ihrem Gesicht. Ihr Reiz konnte darunter nicht gelitten haben, denn der Postmeister war doppelt so aufmerksam.

»Kaffee, Mrs. Charyn?« sagte er, dabei war Kaffee schwer zu bekommen. Für mich hatte er etwas Süßes und auch eine Tasse Kakao, der meine Lippen färbte. Doch meine Mutter blieb zutiefst entmutigt. Der Schmerz hatte sich in ihr Ritual gebohrt.

»Kein Brief Mogilew?«

»Der kommt schon noch, Mrs. Charyn. Russische Briefe sind berüchtigt. Sie sind sehr lange unterwegs, aber sie kommen immer an.«

Und er tanzte in seinen Pantoffeln um sie herum, warf seinen Sekretären finstere Blicke zu, pirouettierte mit seiner Kaffeekanne, aber meine Mutter nahm es kaum wahr. Sie hatte nicht Tag für Tag Enttäuschungen riskiert, nur um Teil seines Kaffeekränzchens zu werden. Nicht mit allen Süßigkeiten der Welt hätte er sie bezaubern können.

Und ich saß in der Patsche. Ich mußte meine Mutter von einem Ort zum andern lotsen, sie ausziehen, die Gans für meinen Vater machen. Trotzdem hatte ich Glück. Ich mußte nicht zur Schule. In der Bronx war die Vorschule gestrichen. Es herrschte schlimmer Lehrermangel, und jemand mußte sich gedacht haben, daß ein Fünfjähriger wie ich genausogut mit Holzklötzchen und einem Pfund Lehm zu Hause sitzen könne. Doch für Lehm hatte ich keine Zeit. Ich mußte meine Mutter betreuen, ihr einflüstern, sich zusammenzunehmen, meinem Vater weismachen, es gehe ihr hervorragend. Ich versorgte ihn mit Scotch und Gin. Wenn er vom Tisch aufstand, hatte er einen gläsernen Blick. Er fragte meine Mutter Sachen, und ich antwortete, einmal, zweimal, bis er mir eine runterhaute.

»Halt du dich da raus, Baby.«

Baby, so nannte er seinen eigenen Jungen, und der litt darunter. Ich konnte weder lesen noch schreiben, aber ich konnte Radio hören. Ich hörte die Berichte von den Schlachten, hörte, wie die britischen Kommandos mitten in der Wüste Amphibienlandungen machten und Hitlers Afrikakorps in den Hintern traten. Ich sagte zu meinem Vater, er solle mich »Soldat« oder »kleiner Sergeant« nennen, doch das tat er nicht.

Der Sergeant war Dad, nicht ich. Weil er pelzgefütterte Westen für einen Haufen Admirale zuschnitt, hatte er nicht in den Krieg gemußt, dennoch besaß er eine Uniform: einen weißen Helm, der aussah wie ein flacher Topf, und eine weiße Armbinde mit einem komplizierten Zeichen darauf (ein blauer Kreis mit einem Dreieck aus roten und weißen Streifen). Mein Vater war Luftschutzwart im Rang eines Sergeants. Wenn es dunkel war, patrouillierte er durch die Straßen, eine silberne Pfeife um den Hals, und achtete darauf, daß jedes einzelne Fenster im Umkreis der ihm zugeteilten Häuser einen Verdunkelungs-vorhang hatte. Wenn aus einem Fenster Licht strömte, stieß er einen warnenden Pfiff aus und schrie: »Licht aus da!« Und wenn das nicht half, konnte er die Cops holen oder einen zum Amt für Zivilverteidigung bestellen las-sen. Er war ein untadeliger Wart, mein Dad, herzlos in seiner kleinen Hegemonie, bereit, den Zorn von Freun-den, Nachbarn in Kauf zu nehmen, von jedem, der sich falsch verhielt. Wenn er jemanden während einer Luft-schutzübung auf der Straße antraf, jagte er ihn in den Keller. Manche hörten nicht auf Sergeant Sam, manche rebellierten, schlugen ihn zusammen, bis andere Warte kamen oder ein Cop ihn rettete. Schon 1942, in seinem ersten Jahr als Wart, hatte er von LaGuardia, dem Chef der Zivilverteidigung, einen Orden bekommen. Ich hörte LaGuardia im Radio. »Wir haben unsere Soldaten in Brooklyn und der Bronx, tapfere Männer, die ohne Waffe hinausziehen, die die Heimatfront gegen Saboteure und unpatriotische Elemente schützen. Was täte ich nur ohne meine Warte?«

Und wenn Dad mit blauem Auge und zerbrochener Pfeife, zerrissener Armbinde und einer tiefen Delle in sei-nem weißen Hut nach Hause kam, dann mußte Baby nach Mercurochrom suchen, während meine Mutter ver-zweifelt im Wohnzimmer saß und von russischer Post träumte. In Augenblicken des Leids war er viel fürsorg-licher, mit Dreck im Gesicht fast schon liebenswert. Dann nahm er mich an der Hand, blickte auf das Bild von Roosevelt an der Wand, während ich ihm das Auge mit einem Wattebausch abtupfte.

»Baby, sollen wir nicht mal dem Präsidenten schreiben?«

»Der hat zu tun, Dad, der ertrinkt in Briefen. Ein Wart

darf sich nicht beschweren. Wie würde das denn aussehen, wenn du petzt? Du bringst die Bronx in Verruf.«

Natürlich konnte ich nicht in ganzen fließenden Sätzen reden. Meine Melodie ging eher so: »Der ertrink', Dad, der Präs. Der friß Beefpapier. Hal' liebern Mund. Die Bronx mach' Petzn tot.«

Doch Dad verstand mich gut.

»Wer ist hier ein Petzer?«

Aber mit Franklin Delano Roosevelt an der Wand hätte er mir nie eine runtergehauen. Selbst in ihrer Verstörung segnete meine Mutter FDR jedesmal, wenn sie eine Kerze anzündete. Das Blut, das in ihm floß, war auch unser Blut.

Egal, Dad hätte Roosevelt gar nicht schreiben können. Er war ebenso ungebildet wie ich, mit der Feder ebenso hilflos. Er konnte kaum ein paar Wörter in seine Zivilverteidigungsberichte kritzeln. Und so litt er im stillen, leckte seine Wunden, und wenn wir an den großen Feiertagen in die Synagoge gingen, war sein Gesicht noch immer grün und blau. Ich mußte meine Mutter anziehen, darauf achten, daß ihre Wimperntusche nicht zerlief. Wir gehörten nicht zu dem Tempel auf dem Grand Concourse, dem Adath Israel mit seinen weißen Steinsäulen und der großen Messingtür. In den Adath Israel gingen die Arzt- und Anwaltsmillionäre. Der Gottesdienst wurde auf englisch abgehalten. Der Hilfsrabbi im Adath Israel war auch Maler und Dichter. Er gab Kindern im Viertel Abendunterricht. Wir nannten ihn Len. Er war in die dunkle Schöne verliebt. Deshalb förderte er mich, ließ mich in seinen Unterricht. Er wollte, daß auch wir dem Tempel beitraten, doch mein Vater setzte keinen Fuß in ein Haus, das keinen Kantor hatte. Das war der Nachteil des Englischen. Ein Kantor hätte da nichts zu singen gehabt.

Wir gingen in die alte Synagoge am Fuß des Hügels. Sie bestand aus bröckelnden Backsteinen; Teile des Turms regneten immer wieder vom Dach herab. Seit Beginn des Krieges hatte es dreimal gebrannt, und die »Brandbombe«, wie wir sie nannten, stand ständig vor der Schließung. Aber dafür hatten wir Gilbert Rogovin, der dort Chorknabe gewesen war und am Kantorcollege in Cincinnati, Ohio, studiert hatte. Unser Kantor hätte ein Vermögen damit machen können, auf der Fifth Avenue heilige Lieder zu singen, doch immer kehrte er in die Bronx zurück. In der Oper in Cincinnati war er ein hohes Tier. Wenn er nicht bei uns auftrat, spielte er spanische Barbiere und verrückte marokkanische Könige.

Er war mit der Diva Marilyn Kraus verheiratet, und er brachte sie immer in unsere krümelige Synagoge mit. Sie war eine herkulische Schönheit, eins achtzig groß, hatte Hände wie ein Footballspieler und eine volle, wallende Figur. Wenn sie auf die Empore trat, bebten die Stufen unter ihrem Gewicht. Die Empore war voller Opernfans, die Marilyn verehrten, sie Desdemona nannten, und ich fragte mich, ob diese Desdemona auch eine dunkle Schöne aus Weißrußland war.

Ich genoß den Vorzug, bei meiner Mutter und den anderen Frauen zu sitzen, weil ich erst fünf war. Desdemona hockte sich neben uns auf unsere schmale Bank, die gewaltigen Hände im Schoß, wie eine despotische Königin der Empore. Sie winkte dem Kantor zu, der eine weiße Robe trug und ihr schon zurückwinken wollte, als er die Frau neben seiner Gattin entdeckte. Da schien die Luft aus seinem Körper zu weichen. Er war genau wie die

Feuerwehrleute, die meine Mutter zum erstenmal gesehen hatten. In ihrer Welt der Briefkästen verloren, lächelte sie ihn nicht einmal an. Der Kantor war ganz allein; er konnte die Hingabe in ihren dunklen Augen nicht durchdringen. Er stand inmitten seiner Chorknaben und begann zu singen. Doch er war kein Postmeister, der in Pantoffeln tanzte. Er war der Hüter der Lieder. Mit seinen ersten Silben holte er meine Mutter aus ihrem Traum. Eine Frau fiel in Ohnmacht. Ich mußte loslaufen und für sie Riechsalz holen …

Er lehnte am Tor, eine Zigarette im Mund. Ein Kantor durfte an den hohen Feiertagen nicht rauchen. Doch Rogovin konnte nichts Unrechtes tun. Desdemona war ja nicht in der Nähe. Sie mußte in ihre Suite im Concourse Plaza gegangen sein. Meine Mutter und ich hatten uns mit Sergeant Sam, der wegen seiner kleinen Martyrien als Luftschutzwart im Viertel zu einem Helden geworden war, vor die Synagoge gewagt. Ein Hilfspolizist mit einem verwundeten Gesicht. Der Kantor grüßte ihn. »Sergeant, ich würde mir gern mal Ihren Jungen ausleihen.«

Keiner von uns war dem Kantor bis dahin so nahe gekommen; er hatte kleine weiße Härchen in der Nase. Mit seinem seltsamen Parfüm roch er wie eine bestimmte rote Blume im Bronxer Zoo.

»Eine große Ehre«, sagte mein Vater. »Doch wie kann ich Ihnen helfen? Der Junge ist erst fünf. Er hat keine Arbeitspapiere. Er kann nicht schreiben.«

»Es ist eine traurige Geschichte. Meine alte Mutter liegt mir wegen eines Kindes in den Ohren. Ich mußte eines erfinden.«

»Sie haben sie angelogen, Herr Kantor?«

»Es ist ein Skandal. Doch Mama ist halb blind, sie lebt in

einem Pflegeheim in der Bronx. Ich muß Mama glücklich machen, bevor sie stirbt.«

Rogovin schluchzte in sein Taschentuch. Noch nie hatte ich einen Kantor weinen sehen. Seine Tränen waren so groß wie die Kristallohrringe meiner Mutter. Dad hatte Mitleid mit ihm.

»Herr Kantor, bitte ... wir leihen Ihnen den Jungen.« Zutiefst bestürzt drehte er sich zu meiner Mutter um. »Tu doch was. Wir können nicht zulassen, daß der Kantor an seinen Tränen erstickt.«

Ich weiß nicht, ob meine Mutter in dem Moment von Mogilew träumte. Doch sie erwachte rechtzeitig aus ihrer Trance, um Rogovin ins Gesicht zu schlagen. Dad war nun noch verwirrter. Die Frauen von Luftschutzwarten sollten keine kriminellen Handlungen begehen, und auf einen Kantor in der Öffentlichkeit loszugehen war mehr als kriminell; es war eine Sünde wider Gott, weil Gott einen Kantor allen anderen Wesen vorzog. Gott liebte gute Lieder.

Meine Mutter schlug ihn erneut. Rogovin war nicht überrascht. Ich sah, wie er hinter der Hand, die er sich vor den Mund hielt, lächelte.

Mein Vater ballte die Faust. »Ich bring dich um«, sagte er zu der dunklen Frau.

»Sergeant«, sagte der Kantor, »Sie sollten Madame nicht provozieren. Sonst schlägt sie mich nur noch weiter.«

»Das verstehe ich nicht«, sagte Dad.

»Ganz einfach. Meine bessere Hälfte war mit Madame auf der Empore. Sie kamen über mich ins Gespräch ...«

»Emporen. Bessere Hälfte. Das verstehe ich nicht.«

Ich war ebenso baff. Ich hatte Desdemona kein Wort flüstern hören.

»Lächerlich«, sagte meine Mutter zu Dad. »Gibt kein Pflegeheim, gibt keine blinden Frauen. Seine Mutter ißt und trinkt wie ein Pferd.«

»Das verstehe ich nicht.«

Meine Mutter packte Rogovins Daumen und legte ihn nahe an ihre Brust. »Ist jetzt klar? Der Kantor ist Wüstling und Lustmolch.«

Rogovin verbeugte sich vor mir, küßte mir die Hand wie ein Europäer und rannte in sein Hotel.

Mein Vater hatte so fleißig pelzgefütterte Westen hergestellt, daß sein Boß ihn für eine Woche nach Florida schickte. Die meisten Urlaube während des Krieges mußten gestrichen werden, weil Army und Navy mit der Eisenbahn Munition und Mannschaften transportierten. Doch Dad hatte einen Sonderausweis, unterschrieben vom Marineminister Frank Knox. Was es mit Florida auf sich hatte, erfuhr ich erst ein bißchen später – Miami Beach war ein Kürschnerparadies, wo Fabrikanten und ihre prämierten Arbeiter sich einmal im Jahr mit den dortigen Prostituierten und dunklen Schönen aus Havanna und New Orleans austoben konnten. Und als mir das Wort Prostituierte endlich etwas sagte, ich war da sechs oder sieben, begriff ich die Auseinandersetzungen zwischen meiner Mutter und Sergeant Sam wegen seiner Aufenthalte im Flaglerhotel. Sie schmiß ihm einen Schuh an den Kopf, leerte die Parfümflaschen aus, die er ihr aus Florida mitgebracht hatte, zündete die Photos an, die in einem Geheimfach seiner Reisetasche versteckt waren. Immer war er wahnsinnig braungebrannt zurückgekommen, hatte ausgesehen wie Clark Gable mit einem schuldbewußten Grinsen.

Doch Gable hätte 1942 ein Gespenst sein können. Meine Mutter sah ihm nicht einmal beim Packen zu. Er verschwand wie der Blitz, ohne seinen Luftschutzwarthut, schenkte mir fünf Dollarscheine, die ich ausgeben durfte, während er weg war – ein kleines Vermögen, überreicht von einem der Lieblingssöhne der Navy. Ich war froh darüber, daß er ging. Dann mußte ich nicht meine Mutter betreuen, sie für Dad vorzeigbar machen, ihr Leid vor ihm verbergen, ihm seine Gans zubereiten, ihn mit Whiskey abfüllen, damit er ihr langes Schweigen nicht wahrnahm.

Am Tag seiner Abreise kam ihr Verehrer. Ich weiß nicht, wie ich ihn sonst nennen soll. Er gab sich mir als mein Onkel aus, doch er hatte weder unsere berühmten Wangenknochen noch unsere Tatarenaugen. Dem Stamm der mongolischen Juden, die den Kaukasus terrorisierten, bis sie von Tamerlan dem Großen besiegt wurden, konnte er nicht angehört haben. Chick Eisenstadt war ein mächtiger rotwangiger Kerl, der mit meiner Mutter einmal in einer Kleiderfirma in Manhattan gearbeitet hatte. Vor ihrer Heirat war sie Näherin gewesen. Chick zufolge war die ganze Firma in sie verliebt gewesen, er aber war derjenige, der seine Geschichte mit der ihren verbunden hatte, lange nachdem es die Kleiderfirma nicht mehr gab. Bis zum Krieg hatte er sich so durchgewurstelt. Chick war der einzige meiner »Verwandten«, der mal in Sing-Sing gesessen hatte. Es war praktisch, einen Sträfling in der Familie zu haben. Er konnte einem Geschichten von den größten Verbrechern erzählen. Und er kannte den Dienstplan meines Vaters. Sobald Sergeant Sam nicht da war, tauchte er auf.

Er fuhr mit uns in seinem Cadillac herum. Chick durfte

eigentlich gar kein Auto haben. Benzin war rationiert, und nicht unbedingt nötige Fahrten waren verboten. Doch Chick war Schwarzhändler und schenkte Generälen und Kriegsbeamten Seidenstrümpfe für ihre Frauen. Er besaß ein Papier, das ihn dazu berechtigte, »wichtige Persönlichkeiten« wie Ärzte und Moguln von Kriegsfabriken zu chauffieren. Cops linsten in den Cadillac, warfen einen kurzen Blick auf meine Mutter, lächelten, nannten mich »Roosevelts kleinen Pionier«.

Wir fuhren mit Chick nach Manhattan, er brachte mich zu den Ozeanriesen, die wie schlafende Schönheiten mit Schornsteinen schräg im Hafen lagen, und mich packte eine Angst, wie ich sie nie zuvor gespürt hatte. Ein Ozeanriese war größer als meine Vorstellungskraft. Er war wie der Abdruck einer Welt, die ich von der Bronx aus nicht ermessen konnte. Die einzige Brücke, die ich dorthin hatte, war Chick.

Er bestach mich nie, machte mir nie teure Geschenke, die mich meinen Dad hätten verachten lassen. Allerdings ging er mit uns in das einzige weißrussische Restaurant auf dem Grand Concourse, das Bitter Eagles, wo seine Kumpane uns begafften; er schwitzte mitten beim Essen, wie er da mit seiner Geheimfamilie saß. Sing-Sing hatte seine Gesundheit ruiniert. Er hatte einen chronischen Husten, und noch immer zitterten ihm die Hände von den Prügeln, die ihm seine Mithäftlinge verabreicht hatten. Chick war fünfunddreißig, drei Jahre älter als meine Mutter, aber seine Haare waren in Sing-Sing weiß geworden, und er sah aus wie ein vom Krieg gebeutelter Kavalier.

Er starrte meine Mutter an, die hilflos vor ihrem Teller Piroggen saß, und sagte: »Faigele, was ist?« Meine Mutter hieß Fannie, doch ihre Verehrer und Freunde nannten sie »Faigele«, was, nach meinem tatarischen Wörterbuch, soviel wie Vögelchen hieß.

»Mogilew«, sagte meine Mutter. Ein Wort. Und Chick konnte die ganze Geschichte erahnen.

»Dein Bruder, der Lehrer. Seine Briefe kommen nicht mehr. Und du sorgst dich zu Tode.«

»Die Nazis hocken in Mogilew«, sagte ich. »Chickie, das hab ich im Radio gehört.«

Chick betrachtete den Kummer meiner Mutter. »Radios können lügen. Das nennt man Propaganda.«

»Die Deutschen bezahlen das Radio, damit es lügt?«

»Ich hab nicht gesagt, die Deutschen. Könnte auch das Weiße Haus sein. Und der Präsident muß nicht bezahlen. Begreifst du nicht? Der Präsident redet von einer Niederlage, die es gar nicht gegeben hat. Hitler lehnt sich zurück und wird ein bißchen nachlässig. Und dann drehen wir den Spieß um.«

Ich wollte mich nicht mit Chick streiten. Ein Schwarzhändler mußte so etwas ja wissen. Dennoch glaubte ich nicht, daß Roosevelt bei Mogilew je lügen würde.

»Faigele, wenn ein Brief da ist, dann finde ich ihn.«

Nach dem Essen gingen wir zum Postamt. Der Postmeister stand in seinen Pantoffeln da, beäugte meine Mutter und den Schwarzhändler, der wiederum ihn beäugte.

»Mister, könnte es sein, daß einer Ihrer Leute sich an der Post zu schaffen gemacht hat?«

»Unmöglich«, sagte der Postmeister, während Chick ihm Seidenstrümpfe in die Taschen stopfte.

»Kommen Sie, ich helfe Ihnen suchen. Der Brief muß doch da sein.«

Sie durchsuchten den ganzen Hinterraum, inspizierten

jeden Sack, doch kein Brief aus Mogilew war zu finden. »Tut mir leid, Mrs. Charyn«, sagte der Postmeister. »Aus Rußland kommt die Post hereingekleckert, aber aus Weißrußland kein Fitzel.«

Faigele legte sich ins Bett. »Meine beiden bitteren Adler«, murmelte sie und blinzelte mir und Chick zu. Es war ein totaler Zusammenbruch. Chicks Hausarzt kam, untersuchte sie und sagte, ein gebrochenes Herz und verkümmerte Gefühle könne er nicht heilen. Er empfahl ein Pflegeheim in den Catskills, wo er seine schlimmsten Fälle hinschickte.

»Doc«, sagte Chick, »sie ist kein Fall. Sie ist eine hinreißende Frau, Faigele. Sie erwartet einen Brief aus Mogilew.«

»Sie sind doch der Zauberer. Sie können Seidenstrümpfe organisieren. Warum nicht auch einen lausigen Brief? Um was geht's da überhaupt? Hat sie ihren Freund zurückgelassen?«

»Einen Bruder«, sagte Chickie.

Der Arzt verdrehte die Augen. »Ist es nicht unnatürlich, einen Bruder so sehr zu vermissen?«

Chick packte ihn am Kragen, was, wie ich damals noch nicht wußte, sehr tapfer war. Dieser Arzt war Meyer Lanskys Leibarzt. Er hatte im Auftrag der Mafia schon Leute vergiftet. Er war der höchstbezahlte Internist der Bronx.

Ich brachte Chick und ihm ein Glas vom besten Schnaps meines Vaters. Und dann erzählte Chick ihm die Geschichte von Faigele und Mordecai, die aus einer Familie kleiner Landbesitzer in der Tatarenstadt Grodno stammten, in der Meyer Lansky zur Welt gekommen war. Mordecai war mit zehn Jahren der Älteste; er hatte zwei kleine Schwestern – Anna, fünf, und Faigele, zwei –, als ihre Mutter starb (ihr Dad hatte sich nach Amerika abgesetzt und führte dort sein eigenes Leben). Ein zehnjähriger Junge konnte das Familienvermögen nicht zusammenhalten. Er mußte sich verdingen, ein kleiner Sklave werden, um seine Schwestern zu beschützen. Mit fünfzehn wurde er in die Armee des Zaren verkauft, floh, »kidnappte« Anna und Faigele, versteckte sich mit ihnen in den Sümpfen, landete mitten in der russischen Revolution ohne Papiere und einen Bissen Brot in Mogilew. Der Junge war sechzehn und lernte stehlen. In einer Zeit der Schattenreiche wurde er selbst zum Schatten, bis er sich als Schullehrer neu erfinden konnte. Er hatte die Dokumente eines getöteten Erziehungskommissars gefälscht. In seinen ersten Klassen hatte er Schüler, die älter waren als er. Er mußte einen Inspektor aus Minsk bestechen: Ein Zarenregiment ohne Zar, hätte man sagen können, doch ein sowjetischer Fürst hatte den Kosaken befohlen, alle tatarischen Juden zu lieben. Mordecai sparte sein Geld und konnte Anna 1923 aus Weißrußland hinausbringen. Faigele aber wollte nicht weg. Er flehte sie an. Die Inspektoren würden ihn bald schnappen, ihn, den analphabetischen Lehrer. Er könne erst aufatmen, wenn seine kleine Schwester in Sicherheit sei.

»Aber ich bin doch in Sicherheit«, sagte sie, »hier bei dir.«

Und er fing an zu weinen, dieser abgezehrte Mann, der immer kurz vor der Tuberkulose stand. 1927 ging sie dann nach Amerika. Er versprach ihr, ein halbes Jahr später nachzukommen, was er nicht tat.

Sie gesellte sich zu den Flüchtlingen in Manhattan, lebte bei ihrem Vater und einer Stiefmutter, die ihr jeden Happen, den sie verschlang, mißgönnte. Sie ging zur Abend-schule, arbeitete in einer Kleiderfirma, träumte von Mor-decai. Irgendwann mußte sie das Haus ihres Vaters ver-lassen. Und in dem Moment betrat Sam die Bühne, der Kürschner, der während der Depression keinen Tag ohne Arbeit gewesen war.

Faigele heiratete ihn, doch nichts hielt sie aufrecht – Kin-der nicht, Gott nicht, die Liebe nicht –, nichts außer den Briefen, die gewissenhaft aus Mogilew eintrafen.

Der Arzt leckte an seinem Schnaps. »Chickie, eine hin-reißende Frau, da haben Sie recht, doch wie passen Sie da rein? Sie sind nicht der Mann, nicht der Bruder und auch nicht der Vater dieses kleinen Jungen.«

»Das geht Sie einen Scheißdreck an«, sagte Chick, der schon betrunken war. »Ich bin für die Lücken zuständig. Ich bin zufrieden.«

»Wenn Sie sie wieder auf die Beine bringen wollen, mein Freund, dann fälschen Sie doch einfach diesen Brief … tun so, als wären Sie von der Polizei des Zaren.«

»Da muß ich gar nicht so tun. Aber wo soll ich russische Briefmarken hernehmen?«

Der Arzt tippte mir an den Schädel. »Baby, wo hebt deine Mutter ihre Briefe auf?«

Ich steuerte sie zu dem kleinen Holzkästchen, das meine Mutter aus Weißrußland mitgebracht hatte; darin lagen die Briefe. Chick interessierte sich vor allem für die Brief-marken, die Qualität des Papiers und Mordecais Schreib-kunst, der Arzt hingegen begann, dank seiner Russisch-kenntnisse, die er noch hatte (er war in Kiew geboren), die Briefe zu lesen.

»Der Mann ist ein Dichter, Chick.«

Er las aus den Briefen vor, doch Chick unterbrach ihn.

»Behalten Sie das für sich, Doc.«

»Sind Sie wahnsinnig? Poesie gehört der ganzen Welt.«

»Aber die Briefe gehören Faigele.«

Jede Briefmarke hatte ein anderes Motiv. Ich sah den braunen Adler Weißrußlands; Tatarenprinzen und -könige; Stalin, den kleinen Vater seines Volks, der aussah wie ein Walroß. Der Arzt zog eine Schere aus seiner Sanitätstasche. Er wollte ein paar der Briefmarken ausschneiden; Chick sagte, er solle die Schere wieder weglegen. Er wollte das Eigentum meiner Mutter nicht verstümmeln.

»Ich geb's auf«, sagte der Arzt, während Chick und ich uns zum Papierwarenladen aufmachten, wo ich ihm half, einen blauen Umschlag und einen Block auszuwählen, der als russisches Papier durchgehen würde. Wenig später, im Bitter Eagles, trieben wir einen Mann auf, der bereit war, gegen die Aussicht auf Butter, Eier und kolumbianischen Kaffee russische Briefmarken aus seinem Familienalbum einzutauschen.

Chick machte sich daran, Mordecais Federstriche zu üben. Um ihn und den Brief herum, den er schreiben wollte, gerann die Zeit. Der Arzt ließ Frau, Kinder, Freundinnen, alle seine anderen Patienten einschließlich Meyer Lansky sitzen, um in der Bronx einen Brief aus Mogilew aufzusetzen. Ich braute Tassen schwarzen Tee und fütterte sie mit Kaffeekuchen aus dem Bitter Eagles.

Es dauerte eine Stunde, bis Chick »Liebe Faigele« in Mordecais russischer Handschrift fertig hatte und beim ersten Absatz war. Sie mußten einen weiten Bogen um den Krieg machen, weil Chick den Brief nicht mit blutrünstigen Einzelheiten belasten wollte. »Ich hungere nur ein bißchen«, schrieb er auf Lehrerrussisch und unterzeichnete mit Mordecais Namen. Er adressierte den Umschlag, ich klebte die Marke drauf, und dann schliefen wir alle im Wohnzimmer in verschiedenen Sesseln ein.

Ein Klopfgeräusch drang in meine Träume. Ich stand auf, stolperte zur Tür. Da stand der Postmeister in seinen Pantoffeln, einen Brief in der Hand. Er war ganz aufgeregt. »Meine Herren, da ist er, wie aus heiterem Himmel.« Chick bot ihm ein Stück von unserem fabelhaften, mit dunkler Schokolade bestreuselten Kaffeekuchen an. »Köstlich«, sagte er. Keiner dankte ihm für den Brief, der in einem zerknitterten weißen Umschlag ohne jede Briefmarke darauf steckte. Der Postmeister ging. Chick zerriß *unseren* Brief, dann gingen wir hinein, um meine Mutter zu wecken und ihr den anderen Brief aus Mogilew zu geben.

Sie tanzte aus dem Bett wie eine Meerjungfrau im Nachthemd (ich hatte noch nie eine Meerjungfrau gesehen, aber so stellte ich mir eine vor). Sie kostete den Brief aus, wollte ihn jedoch erst lesen, wenn sie uns Tee gemacht hatte. Der Arzt war verblüfft über ihre Verwandlung. Faigeles Farbe war zurückgekehrt. Sie verschwand im Schlafzimmer und schloß die Tür ab.

»Die Engel wären neidisch auf so ein Geschöpf«, sagte der Arzt.

Wir warteten wie Waisen, bis meine Mutter wieder herauskam. Was Mordecai geschrieben hatte, wollte sie uns nicht vorlesen. »Ist noch Schullehrer«, sagte sie, den Inhalt zusammenfassend. »Aber ohne Schule. War gebombt.«

Der Arzt kehrte in seine Praxis zurück. Chickie mußte die Stadt verlassen. Mein Vater kam mit seiner Filmstarbräune aus Florida wieder, die blühende Farbe aber hatte

Faigele. Er setzte seinen Luftschutzhelm auf und patrouillierte durch die Straßen. Ich stellte mir vor, wie er in der Verdunkelung nach abtrünnigen Lichterwürfeln Ausschau hielt. Der arme Sergeant Sam, der die dunkle Schöne nie so recht gewinnen konnte, und auch nicht ihren Glanz.

Bambi

Nachdem meine Mutter von Mordecai gehört hatte, nahm sie wieder Notiz von mir. »Baby, du bist so dünn.« Sie erwachte aus ihrem Amnesieanfall und erinnerte sich, daß sie einen Monat lang nicht einkaufen gewesen war. Das hatte alles Baby erledigt. Ich mußte den Fleischer aus der Börse meiner Mutter bezahlen, die Finger als Rechenmaschine gebrauchen, mir beibringen, wie ein Mogul zu feilschen. Ich konnte das Abc noch immer nicht und beherrschte weder das große noch das kleine Einmaleins. Der Krieg war dabei, einen Ignoranten aus mir zu machen, und die dunkle Schöne nahm meine Erziehung selbst in die Hand. Wenn die Bronx mir keine Vorschule bereitstellen konnte, dann wollte sie selber eine schaffen.

Wir brachten einander Buchstabieren bei. Sie war die Prinzessin ihrer Abendschulklasse gewesen, hatte davon geträumt, Wissenschaftlerin zu werden, so eine wie Madame Curie. Sie besaß noch ihr eselsohriges *Bambi*, das ihre Mitschüler ihr zur Hochzeit geschenkt hatten. In diesem Buch suchten wir Zuflucht. Dieser Wald mit den sprechenden Tieren und den nervenden kleinen Vögeln führte uns aus der Bronx, und Stück um Stück begann Faigele, sich an das knifflige Terrain des Englischen zu erinnern, das ihr nach der Abendschule abhanden gekommen war.

Jedes einzelne Wort mußten wir anvisieren, es auf der Zunge erklingen lassen, bevor es uns sein Geheimnis preisgab. Wörter zogen auf einer Zeile dahin wie Schiffe, die in einem weißen Meer gefangen waren, und man mußte sich ihnen wie ein Kapitän ergeben, weil man sonst nie lesen gelernt hätte. Wir verbrachten eine ganze Woche damit, die erste Seite zu befahren, und wir hatten auch einen Kompaß (ein Wörterbuch, das ich in einer Mülltonne gefunden hatte), doch der Kompaß war ziemlich kompliziert, fast so schwierig zu lesen wie *Bambi*, bis wir endlich einige seiner Zeichen entschlüsselten. Und dann steuerte er uns in das Buch hinein, und wir fingen beide an zu weinen, denn es war ein machtvolles Elixier, von einem Babyreh und seiner Mama zu lesen, die auch Faigele und ich hätten sein können.

Als Bambis Mam von Jägern, die »Er« hießen, getötet wurde, mußten wir beide eine einmonatige Lesepause einlegen. Wir konnten mit der Geschichte nicht mehr fortfahren, nicht einmal mit unserem Kompaß. Mein Vater erwischte uns, wie wir bedrückt herumsaßen. »Gipsköpfe« nannte er uns. »Nur Gipsköpfe glauben, was in einem Buch steht.«

Dad war kein Leser. Er verstand nicht, wie man um Leute in einem Buch trauern konnte. Aber Bambi und seine Mama waren uns teurer als unser eigen Blut und Bein. Erst als unsere Trauerzeit vorüber war, lasen wir weiter in unserem Buch, schürften vorsichtig an den Wörtern, denn wir waren ja Anfänger und konnten nur ein bißchen Kummer auf einmal verkraften. Mechanisch machten wir für Sergeant Sam den Haushalt, aber wir gehörten Bambi. Und so grausam es auch klingt, ich sah keine Ähnlichkeit zwischen meinem Dad und dem Bambis, dem alten Fürsten des Waldes, der für alle unerreichbar war, Bambi aber aus der Ferne vergötterte. Mit seinem Helm und der Armbinde und seinem militärischen Gehabe hätte Sam einer der Jäger sein können, die die Tiere des Waldes töteten oder sie zu Haustieren dressierten. Für mich war er ein Mann mit einer Flinte.

Mam und ich waren begeistert, als Bambi einen jungen Bock verdrosch und sich dann mit Faline zusammentat. Faigele lachte und suchte meinen Schädel nach Beulen ab.

»Wo ist denn Jeromes Geweih?«

Doch mir wuchsen keine Hörner. Ich war ein kleiner Junge, der mit Faigele durch sein erstes Buch kriechen mußte. Bambi erschöpfte uns; am Ende waren wir gereizt. Wir besaßen nicht die Ausdauer, ein neues Buch anzufangen, und unsere Seelen steckten noch immer tief in dem Wald. Ich sah Faigele zu, wie sie sich eine Zigarette ansteckte und in dem Buch blätterte, es an einer beliebigen Stelle aufklappte und dann vor sich hin sagte: »Bambi machte die Hinterbeine straff wie eine Schiene und stürzte sich auf Ronni«, einen der Böcke, die sich für Faline interessierten.

»Mama«, sagte ich, »was bedeutet Schiene?«

»Zum Festmachen … für Zähne.«

»Aber ein Reh kann doch nicht zum Zahnarzt, Mama.«

»Ist also Rätsel.«

»Können wir nicht Chick fragen?«

Mein »Onkel« kam uns nicht mehr besuchen. Er wußte, daß Dad wieder in seinem Trott als Luftschutzwart war. Und Chick war noch nie gern ums Haus geschlichen.

Wenn er nicht in seinem Cadillac kommen konnte, dann kam er lieber gar nicht. Es war verdammt deprimierend, einen Teilzeitonkel zu haben, der nur ein paar Wochen im Jahr freundlich zu einem war: Chickie, gewissermaßen der alte Fürst des Waldes, nett und stolz, der aber statt eines Geweihs Lebensmittelmarken hatte.

Mam hätte sich nicht breitschlagen lassen, zu Chick zu gehen, doch das Wort Schiene trieb sie um. Sie stellte sich vor den Spiegel und machte sich zurecht mit jedem Tübchen, das Farbe ins Gesicht bringen konnte, dann gingen wir hinunter und liefen zum Bitter Eagles. Es war eine Stunde nach dem großen weißrussischen Lunch. Das Bitter Eagles hatte sich schon geleert. Das Lokal sah aus wie nach einem Hurrikan. In der beheizten Thekenauslage waren keine Piroggen und auch kein eingelegter Kohl. Der schwarze Kaffeekuchen war verschwunden. Hundert leere Teegläser standen in ihren Silbergestellen neben ausgeweideten Töpfen Erdbeermarmelade. Hinter den Silbergestellen, an einem separaten Tisch, saß Chick, starrte in eine Leere, bis meine Mutter hereinkam. Es war nicht der Chick, der einen Brief aus Mogilew schreiben konnte. Er hatte Stoppeln auf dem Kinn. Seine weißen Haare waren ungekämmt. Bei einem anderen Mann wäre das nicht aufgefallen. Doch Chick ließ sich seine Anzüge bei Feuerman & Marx schneidern (der aristokratischste Schneider im Norden der Stadt), und wenn auch nur ein Schuh nicht poliert war, sah er aus wie ein Vagabund.

In einem Feuerman-Anzug mit Knöpfen, die von orangefarbenen Adern durchzogen waren, kam er hinter seinem Tisch hervorgetanzt. Das Tuch in seinem Jackett war ebenfalls orange. Seine Manschettenknöpfe hatten aufgemalte orange Ränder. »Faigele, ist dein Sergeant irgendwo auf See?«

»Ist nicht wegen ein Matrose«, sagte sie und legte *Bambi* auf den Tisch. Chick brüllte den Kellner an, bis Gläser mit blutrotem Tee zusammen mit dem letzten in der Bronx noch vorhandenen russischen Kaffeekuchen aufgetragen wurden. Dann setzte er sich wieder und wandte sich dem Buch mit dem gebrochenen Rücken und dem verblaßten Bild von Bambi auf dem Deckel zu, das Geweih wie eine Krone aus dürren Messern und Gabeln.

»Wahnsinnsbuch. Hab ich meinen Töchtern vorgelesen.«

Welchen Töchtern? Chick hatte in meinem Beisein nie über irgendwelche Töchter gesprochen. Für mich war das ein Schlag ins Gesicht. Er mußte eine Frau gehabt haben, als er Faigele kennenlernte, eine Frau und eine Tochter oder zwei, deshalb hatte Mam ihn auch nicht geheiratet.

Sie zeigte ihm *unseren* Satz in dem Buch.

»Schiene«, murmelte er. Chick hatte Jura studiert und nach einem Jahr abgebrochen. Sein wichtigstes Diplom, sagte er immer gern, habe er in Sing-Sing überreicht bekommen.

»Chickie, hat der Präsident nicht eine Beinschiene?«

»Roosevelt hat damit nichts zu tun … Bambi kann sich selber geradehalten, die Schrauben in seinen Beinen anziehen. Aber der Unterschied zwischen Roosevelt und einem Reh ist wie Tag und Nacht.«

»Schienen sind Schienen«, sagte ich und brachte ihn damit wenigstens zum Lachen. Chick war unser hiesiger Robin Hood, der die Reichen übervorteilte und den Armen gab. Geben im engeren Sinn war das aber nicht. Er machte den Armen Sonderkonditionen, verkaufte ihnen ein Faß Butter zum Selbstkostenpreis. Doch er war einem anderen Robin Hood in die Quere gekommen, Darcy Staples, einem Zahnarzt, der mit Ed Flynn, dem Boß der Bronx, in Verbindung stand. Darcy war Flynns Leutnant, ein Unterboß, der den Grand Concourse wie sein Königreich regierte, ein irischer Protestant in einem Meer von Juden. Seine Praxis war das Darcy Arms, ein Mekka, das er unter dem eigenen Namen errichtet hatte. Das Mekka war schon mal eingestürzt. Es war aus Stahlwolle und rostigem Draht und einer Art Käsezement gebaut. Die Ratten fraßen die Stahlwolle in den Wänden und sogen in Darcys Keller deren Innereien aus. Wie Chick trieb er Geschäfte mit Lebensmittelmarken und Kriegskonterbande. Oft waren sie Partner. Doch Darcy hatte beschlossen, Chick zu bestrafen. War es nur Gier oder Eifersucht oder reine Boshaftigkeit? Ein Fünfjähriger konnte solche Rivalitäten nicht durchschauen. Darcy hielt eine wichtige Ladung Lebensmittelmarken zurück und erstickte dadurch Chick. Er behauptete, die Regierung überwache seine Praxis, und er könne die Marken nicht weiterleiten. Chickie müsse sie sich selber abholen.

»Der bringt mich um, Faigele. Dazu ist der imstande.«

»Aber mich würde er nicht umbringen; das würde er nicht wagen.«

»Warum nicht?«

»Er ist mein Zahnarzt.«

Darcy war jedermanns Zahnarzt. Die Patienten reisten aus Westchester und Long Island an, um sich auf Darcys Stuhl zu setzen. Das kam ihm zugute. Über allen seinen Geschäften hing eine Wolke aus Äther und Chloroform. Er konnte seine Feinde betäuben und dann verschwinden lassen oder einen Freund mit Lachgas vollpumpen.

Darcys Praxis war das eigentliche Zentrum der Bronx. Boß Flynn erschien mit seinem Gefolge. Er war FDRs Vorposten an der Ostküste. Die profanen Angelegenheiten überließ er Darcy. Dessen Bande schlug auch mal ein paar Köpfe ein, wenn es sein mußte. Die meisten auf seiner Gehaltsliste waren Cops, die für ihren Zahnarzt kleine Nebentätigkeiten verrichteten. Er war auch mein Zahnarzt. Und er gab mir besondere Süßigkeiten, die die Zähne nicht kaputtmachten. Er war ein gutaussehender Mann mit Silberhaaren. Ich mochte Darcy nicht so, wie ich Chick mochte, aber nie hatte ich soviel Spaß wie während der Zeit, die ich auf Darcys Stuhl verbrachte. Darcy streichelte meinen Mund mit einem langen Metallzahnstocher, dessen gebogenes Ende ein sanftes Geräusch an meinen Zähnen machte. Nie speiste er mich mit einem seiner Assistenten ab. Ich war der kleine Charyn, der die dunkle Schöne als seine Privatvorschullehrerin hatte.

Wir gingen ohne Termin zu Darcy, denn sonst hätten wir Wochen gewartet. »Faigele«, hatte Chick uns gesagt, »irgendwann lasse ich Darcys Käseschachtel hochgehen, streit dich nicht mit ihm herum. Sei direkt. Frag ihn nach Chickies Ware.« Aber so einfach war das nicht. Darcys Käseschachtel stand in der Nähe des Bronx County Building. Und zwischen dem Bezirksgericht und Darcys Praxis herrschte ein ständiger Verkehrsstrom. Jeder Richter, der sich seine Zukunft sichern wollte, mußte sich mit dem Zahnarzt beraten. Und so saßen wir mit Richtern und Polizeicaptains in Darcys Vorzimmer, während seine Leutnants sich zwischen den Zähnen herumstocherten. Wir waren als elfte oder zwölfte dran, doch als Darcy den Kopf aus seinem Behandlungsraum steckte, ignorierte er die Richter und winkte uns herein. Ich rannte los und sprang auf den Stuhl, der älter als Darcy und Boß Flynn war und mit einem kleinen Rad gehoben und gesenkt werden mußte.

»Ah, Mrs. C, welch eine Freude. Hat der Kleine Zahnschmerzen? … Baby, machst du mal den Mund auf?«

»Ist andere Zahnschmerzen«, sagte meine Mutter.

»Dann setzen Sie sich zu Baby, ich sehe Sie mir beide an.«

»Doktor, Schmerzen hat Chick.«

Der Zahnarzt verlor etwas von seiner Heiterkeit. »Dann ist er ein Genie. Heuert Sie als sein Kamel an.«

»Ja«, sagte meine Mutter. »Ich bin das Kamel.«

Das war ein Begriff aus der Bronx, Schwarzhändler benutzten ihn. Ein Kamel trug in einem oder beiden Höckern Konterbande.

»Ich beneide Chick. Aber es ist ein Vergnügen, mit einem Kamel wie Ihnen Geschäfte zu machen.«

»Ist Leute von Finanzamt in andere Zimmer?«

»Ich würde doch meine eigene Praxis nicht besudeln, oder? Was sollen denn meine Patienten denken?«

»Sagen mir Sünde von Chick?«

»Er betreibt seinen eigenen Wohltätigkeitsverein in meinem Revier. Unterbietet meine Preise. Verkauft Waren nur an bedauernswerte Menschen, die ihr Unglück auf meine Kosten hätscheln. Bei dem, was Chickie denen berechnet, können sie auch ihr eigenes Geschäft aufmachen. Ich bin hier der Wart, ich bin der Bischof. Ich lege bei jedem Artikel die Ober- und die Untergrenze der Preise fest, nicht Chick. Das bringen Sie ihm mal bei, liebe Faigele.«

»Ich werde beibringen«, sagte Mam wie eine schlaue Vorschullehrerin.

Und Darcy gab ihr einen Schuhkarton voller Lebensmittelmarken, den sie in keinem Höcker verstecken mußte. Dieser Schuhkarton war das besondere Kennzeichen des Zahnarztes. In der Bronx gab es kaum noch Aktentaschen. 1942 war kein Leder aufzutreiben. Es stand auf der Liste der rationierten Güter. Und mit der Zeit kopierten die Anwälte vom Gerichtsgebäude den Fürsten des Grand Concourse. Sie transportierten ihre Akten in Schuhkartons, die sie mit einem Gummiband sicherten. Gummi war ebenfalls rationiert, und die Gummibänder der Anwälte waren so kostbar wie Milch, Fleisch und Gold.

Wir gingen mit dem Schuhkarton zurück zum Bitter Eagles. Chick drehte durch. Er tanzte auf den Tischen und trank nachmittags Wodka. Seine weißen Haare schimmerten in den dunklen Ecken unter der Decke. »Ah, meine Kleinen«, sagte er von seiner Höhe herab und küßte den Schuhkarton wie ein Wahnsinniger. »Wir feiern zusammen, oder ich will nicht Chick heißen.«

»Feiern? Ich muß Kartoffeln waschen, Sam sein Stew kochen.«

»Faigele, ich bestehe darauf.«

»Bestehen«, sagte Mam, »du hast keine Mann, der frißt wie Pferd.«

»Darling, ich sage dem Koch, er soll ein Essen machen.«

»Sag nicht so viel Darling.«

»Ach, ist mir so rausgerutscht«, sagte Chick, stieg von den Tischen herab und führte uns zur Tür. Er ließ mich den Schuhkarton halten, während er auf der Straße umhertorkelte. Mam konnte sich für Chickie niemals schämen. Sie nahm ihn am Arm, beruhigte ihn, und dann segelten wir, den Wind im Rücken, über den Grand Concourse und blieben vor einer Reklametafel stehen.

Wir waren nicht blöd, Faigele und ich. Aus dem Radio erfuhr man ja eine ganze Menge. *Bambi* war ein Film geworden, aber woher sollten wir wissen, daß er Hollywoods größter Hit war? Als wir den Namen auf der Reklametafel sahen, lächelten wir nicht einmal. Es war, als hätte eine Invasion auf das Territorium unseres Buches stattgefunden, als wäre es uns aus der Hand genommen worden. Wir gingen mit Chick hinein.

Und als wir Bambi auf der Leinwand sahen, waren wir beide bestürzt, weil wir das Schicksal seiner Mam kannten. Der Wald war dicht und dunkel, ein Unterschlupf für Jäger und ihre Hunde. Bambis Mam verschwand aus dem Film, doch wir konnten nicht weinen. Wir hatten schon vom ersten Bild an um sie getrauert.

Chick schien unser langes Schweigen zu begreifen. »Großartig«, sagte er, »aber dem Buch kann er nicht das Wasser reichen.« Und wir gingen ohne ihn nach Hause. Der Film hatte offenbar Spuren auf uns hinterlassen, denn es war, als stünden wir auf der Leinwand und warteten darauf, daß die Jäger kamen. Und sie kamen tatsächlich. Sie überfielen Chick, nahmen ihm sein Bündel Lebensmittelmarken ab, raubten ihn direkt vorm Bitter Eagles aus, schlugen ihn zusammen, vier Männer mit Taschentuchmasken unter den Augen. Niemand wollte über sie sprechen, doch sie konnten ja nicht vom Himmel gefallen sein. Ihre selbstgefällige Art erinnerte gefährlich an die Polizisten, die für den Zahnarzt Nebentätigkeiten machten. Darcy hatte Chick aus dem Schwarzmarktgeschäft gezogen. Aber er war immer noch unser Fürst und bezahlte Chicks Krankenzimmer im Cedars of Lebanon. So verhielt sich ein Robin Hood gegenüber einem anderen.

Faigele und ich mußten uns in die Klinik schleichen, wenn Chickies Frau und Töchter nicht da waren. Mam spielte nicht gern das geheime Superweib, aber sie mochte Chick. Und sie ließ ihn auch dann nicht im Stich, wenn er mit schwarzen Flecken unter den Augen in einem Krankenhausbett auf einem düsteren Meer dahintrieb. Seine weißen Haare waren schon etwas gelb geworden. Er trug einen Verband um Nase und Mund. Mam hatte einen Kaffeekuchen gebacken, mit Mandeln und der dunklen Schokolade, die Chick so gerne aß. Er stopfte sich einen Krümel unter den Verband. »Pikant«, sagte er.

Reden fiel Chickie schwer, doch ich mußte ihn einfach etwas fragen. »Was heißt pikant?«

»Herb und lecker«, sagte er.

Und bevor seine Frau kam, mußten wir gehen. Ich erfuhr immer mehr über sie. Sie war eine Nervensäge namens Marsha, die am Hunter College studiert hatte und dann an der William Howard Taft Englischlehrerin wurde, der Highschool, die zum Grand Concourse gehörte. Die ganze Schule zitterte vor ihr. Marsha hatte einen großen Mund. Sie konnte Verweise singen und gleichzeitig einen berühmten Dichter der Vergangenheit rezitieren. Ich beneidete Marsha, die Herrin der englischen Sprache, und mir war ganz bang vor einer Begegnung mit ihr. Was würde sie meiner Mam und mir mit einer Zunge antun, die so mächtig und pikant war?

Doch vor Chickies Zimmer trafen wir auf ein anderes Monster. Darcy Staples, mit Seidenschal und einem pelzkragenbesetzten Mantel, in der Hand einen Strauß Kornblumen, geformt wie Teufelsohren. Er war in Begleitung seiner üblichen Gang, einem Richter und drei Cops.

»Morgen, Faigele ... ah, Sie waren schon bei Chick. Ein schreckliches Unglück. Vier Rüpel, die einen Geschäftsmann mißhandelten. Die waren von außerhalb. Sie werden ihre Strafe finden. Ich habe schon alles durchgegeben.«

Mam zog ihr Taschentuch heraus, faltete es zu einer Maske und hielt es sich vor das Gesicht.

»Darcy, bin ich ein Rüpel von außerhalb?« sagte sie und lotste mich zur Tür. Doch wir entkamen Bambis Wald nicht. Die Hunde der Jäger mußten uns bis nach Hause gefolgt sein. Sergeant Sam lag im Bett mit einem jämmerlichen Blick und einem sehr dicken Verband, der eine Hand wie ein Boxhandschuh umhüllte; der Verband war rot von Blut. In der Eile, den Bedarf irgendeines Admirals an pelzgefütterten Westen zu decken, hatte Dad sich fast den Daumen abgetrennt. Solange der Daumen heilte, mußte er als Vorarbeiter in seiner Werkstatt ersetzt werden. Das Kriegsministerium konnte nicht auf Sergeant Sam warten. Währenddessen durfte er Unfallentschädigung kassieren, doch verglichen mit den ganzen Zusatzleistungen, die er sonst bekam, war das kümmerlich. Noch etwas anderes nagte an Sam. Er hatte all die anderen Admirale wegen eines blöden Unfalls hängenlassen. Er hatte viel zu schnell Pelzkragen zugeschnitten, hatte die eigene Hand mit einem höllisch scharfen Messer sabotiert.

Nach einer Woche stand er wieder auf, um seinen Warthut aufzusetzen. Dad machte seine Runden mit dem blutigen Boxhandschuh, den er in einer Schlinge tragen mußte, während er in der freien Hand eine gewaltige Taschenlampe hielt. In dem dunklen Winterlicht hatte er wohl etwas Romantisches an sich, denn die Leute began-

nen ihn »Der Graf von Monte Christo« zu nennen. Doch
Dad war nicht romantisch zumute. Phantome hatten sich
immer mehr in seinem Kopf eingenistet. Die sagten ihm,
er werde gefeuert, werde nie wieder Vorarbeiter sein.
Nicht einmal die Weihnachtsgratifikation, die sein Boß
ihm geschickt hatte, konnte Sergeant Sam beruhigen.
Das sei nur ein Tritt in den Hintern, sagte er, ein Zeichen
dafür, daß sie ihn loswerden wollten. »Baby, ich sterbe.
Halt meine Hand.«
Ich hielt seine Hand. »Dad, Dad, das stimmt doch gar
nicht.«
Doch er war schon in eine Düsternis abgerutscht, die ihn
lähmte. Ich mußte ihn kämmen, ihm helfen, seinen
Blechhut aufzusetzen, sonst hätte er seine Runden als
Luftschutzwart nicht geschafft. Wo aber war Faigele? Er
hatte ihre Zuneigung verloren. Die dunkle Schöne hatte
in ihrem Herzen anscheinend keinen Platz mehr für ihn.
Ich begleitete Sam zu seinem Hauptquartier, einem La-
den in der Sheridan Avenue, den jeder die Kirche nannte.
Aber daran war nichts Kirchenartiges. Im Fenster hing ein
langes, schmutziges Rollo, das jegliches Licht aussperrte.
Mir war, als stiege ich in einen Höhlenschlund hinab. An
der Wand hingen Kalender mit nackten Frauen, aber viel
mehr als eine allgemeine Blondheit und die eine oder
andere braune Brustwarze konnte ich nicht erhaschen.
In der Kirche standen ein Sofa ohne jedes Polster, eine
Lampe, die kaum die eigenen Konturen erhellte, zwei Sessel, ein metallisch grauer Aktenschrank und ein Schreibtisch. Hinter dem Schreibtisch saß eine Frau. Sie mußte
eine Art Verteilerin gewesen sein. Sie hatte kurze Haare
und knubbelige Finger und rauchte Zigarren wie ein
Mann. Sie hieß Miriam, und sie war sehr dick. Über

ihrem Schreibtisch hing eine Karte von unserem Bezirk; alle Straßen sahen aus wie kleine dunkle Kanäle.

»Charyn«, sagte sie, und die glühende Asche ihrer Zigarre leuchtete in der eigentümlichen Mitternacht der Höhle wie eine frische rote Wunde. »Ich kann einen anderen Soldaten einteilen. Sie brauchen Ihre schlimme Hand nicht zu bemühen.«

»Baby begleitet mich«, sagte Dad.

Zwei weitere Warte kamen in die Kirche, große Säcke über der Schulter. Sie grüßten Sergeant Sam und leerten ihre Säcke auf dem Tisch aus. Ich konnte nicht alles erkennen, aber ich könnte schwören, daß ich ein Radio und ein paar Toaster sah. Diese Männer waren Kamele mit Blechhüten. Sie nutzten die Verdunkelung, um Ware herumzuschieben. Und ich fragte mich, ob sie auch Einbrecher waren. Auf ihren Runden im Dunkeln konnten sie ja durch ein Erdgeschoßfenster einsteigen und ein paar Wohnzimmer plündern.

»Eine armselige Ausbeute«, sagte der erste zu Miriam.

»Jackie, mach dich vor dem Jungen lieber nicht publik.«

»Baby ist in Ordnung«, sagte der zweite.

Ich ging mit Sam nach draußen, stützte die Taschenlampe auf die Hüfte und richtete sie auf die Dächer, während Dad stur geradeaus sah. Der Graf von Monte Christo.

Morgens war er genauso melancholisch. Er regte sich nicht. Offenbar lief ein langer Trauerfluß durch seinen Zweig der Familie. Ein Großvater, der in einer gottverlassenen Anstalt bittere Erde fraß. Vettern, die an Krämpfen starben. Ich konnte Sam nicht aus dem Bett locken. Ich mußte mit der dunklen Schönen zum Cedars of Lebanon.

Chick war in Panik. »Der Zahnarzt hat mein ganzes Lager

ausgeräumt. Ich habe kein einziges Faß Butter mehr ... keinen lausigen Seidenstrumpf.«

»Dann bist du also nackt. Aber wie hat Zahnarzt gewußt, wo suchen?«

»Faigele«, sagte Chick hinter seiner Verbandmaske hervor. »Alles war im Bitter Eagles. In einem Hinterzimmer.«

»Ist Schwarzmarkt? Ich esse dort nie wieder.«

Trotzdem gingen wir zu Darcys Käseschachtel. Der Zahnarzt nahm uns sofort dran. Er sagte nicht einmal, ich solle mich auf seinen Stuhl setzen.

»Wollen wir Geschäfte machen, liebe Faigele?«

»Sind faule Geschäfte, liebster Darcy. Wären Sie doch nur nicht so ein Dibbuk. Geben Sie dem Mann in dem Krankenhausbett zurück, was ihm gehört.«

»Den hetze ich bis ins Grab ... bis Sie für mich arbeiten.«

»Sie brauchen Zahnarzthelferin, die ohne Kleider tanzt?«

»Ich mache mir nichts aus Varieté«, sagte Darcy. »Ich betreibe ein Kartenspiel. Streng legal. Bei meinen Spielen Montag nachmittags kommen Richter, Friseure und der Borough-Präsident.«

»Und ich soll Sandwiches servieren?«

»Ich möchte, daß Sie für mich die Karten geben.«

»Ich spiele nicht.«

»Das ist es ja gerade«, sagte Darcy. »Die Männer werden Ihnen vertrauen. Eine schöne Frau mit einem fünfjährigen Knirps.«

»Ist bald sechs.«

»Kolossal. Bring Baby mit. Ich will keine Profis. Ich will eine Frau, die diesen Männern in die Augen sehen kann, auch wenn sie ihnen den ganzen Abend ein Paar Zweien gibt.«

»Ist Nachmittagsspiel.«

»Ich habe mir nur Freiheiten mit der Sprache erlaubt, liebe Faigele, nicht mit Ihnen. Ihr Mann ist krank. Ich kann ihn nicht gesund machen, aber ich kann Ihnen für jeden Nachmittag einhundert Dollar bieten und werde Chicks Kram persönlich in sein stinkendes Restaurant karren.«

»Ist weißrussisch, bestes Essen von Welt.«

»Ich wollte nicht die Speisekarte schlechtmachen, ja? Aber wollen Sie für mich arbeiten?«

»Und Sie machen, daß ganze Bronx nicht mehr Chick belästigt?«

»Bei meinem Leben.«

»Dann teile ich Karten aus für Sie ... aber was ist ein Paar Zweien?«

Darcy lachte. »Herrgott, eine wunderbare Frau.« Er schickte seine anderen Patienten weg, scheuchte sie aus seiner Praxis, und dann verbrachten wir den Nachmittag damit, in Darcys Privatsalon Poker zu spielen.

Ich war nicht bei allen Pokerstunden der dunklen Schönen dabei. Ich mußte mich um Dad kümmern. Sie kochte für ihn, wechselte ihm den Verband, schlief mit ihm im selben Bett ein, doch ihr Geist schien meilenweit von Sergeant Sam entfernt. Mam hatte ihr Vokabular auf meine Kosten gemästet. Darcy lehrte sie die Sprache des Croupiers. Sie konnte zählen und Chips verteilen, Karten über ein samtenes Tischtuch schnipsen und bei jeder Karte, die sie ausgab, ein Liedchen trällern. »Möglich Straight Flush ... Paar Asse ... Full House.«

Mam nahm mich zu der ersten Pokerrunde mit. Sie trug ein blaues Kleid. Die Spieler bekamen die Augen nicht von Faigele. »Jesus«, sagte Fred R. Lions, unser Borough-

Präsident. »Darcy, du hast mir das Herz gebrochen. Du kannst deine Waffe nicht zum Spiel mitbringen. Das ist unfair. Wenn sie da ist, komme ich nie zu einem Royal Flush.«

»Soll denn jemand anderes geben, Mr. Lions?«

»Ich reiße Ihnen die Lungen raus. Sie gibt für uns bis in alle Ewigkeit.«

»Sie ist kein Zirkustier, Mr. Lions. Sie ist Faigele, und auch Sie nennen sie bitte so.«

»Faigele, Faigele«, brummelte der Präsident der Bronx. »Sie ist Joan Crawford, oder ich bin blind.«

»Crawford, Joan Crawford«, sagten die anderen Spieler.

»Sie ist Faigele. Joan Crawford käme mir nicht ins Haus. Und das Kind da ist der kleine Charyn, seine Freunde nennen ihn Baby.«

Doch so unrecht hatte Fred R. Lions gar nicht. Mam hätte als Joan Crawfords jüngere Zwillingsschwester durchgehen können. Beide waren sie dunkle Schönheiten. Die eine war als Lucille Le Sueur in San Antonio, Texas, geboren worden. Die andere als Fannie Paley in Weißrußland. Die eine tanzte in einer Revue und war Kartengeberin in Detroit, bis sie dann zur dunklen Schönen von Metro-Goldwin-Mayer wurde. Die andere war eine Waise, die ihr Englisch beim aristokratischsten Kartenspiel der Bronx übte.

Darcy sagte immer gern, ich sei sein Sheriff, der Faigele im Auge behalte. Doch Mam brauchte keinen Sheriff. Ich saß auf einem Hochstühlchen mit eigener Leiter, was mir gestattete, nach Belieben hinauf- und herabzusteigen. Ich aß eine Menge Kartoffelchips. Ich ging für Darcy ans Telephon. Ich machte frische Kartenspiele auf, riß das Zellophan mit den Zähnen ab, während Mam eine Zigarette nach der anderen rauchte und das Spiel mit der Kraft ihrer schwarzen Augen zusammenhielt. Wenn es sein mußte, teilte sie auch einen Klaps auf die Hand aus.

»Nicht dem Nachbarn in die Karten linsen, Richter John.«

Keiner beanstandete sie, keiner moserte. Das Spiel gehörte Faigele. Und bald stritten sich die Leute um einen Platz am Pokertisch. Die Spieler gaben ihr immer Trinkgeld, steckten meiner Mutter großzügige Geschenke zu. Ich wurde dazu ausersehen, ganze Bündel aus Fünf- und Zehndollarscheinen in der Hemdtasche herumzutragen. In jenem zweiten Kriegswinter wurden wir fast reich. Sergeant Sam konnte mit seinem kaputten Daumen zu Hause sitzen. Wir waren nicht auf seine Unfallentschädigung angewiesen.

Meine Mutter war Chicks Partner geworden. Sonst hatte er niemanden, der ihm seine Ware verschob. Vom Kartenspiel aus fuhr sie in der schwarzen Limousine des Borough-Präsidenten zum Bitter Eagles, da mußte sie dann jedem von Chickies Kamelen (Hausfrauen und pensionierten Kürschnern) sagen, was sie wohin liefern sollten. Der Koch schnürte dann noch ein spätnachmittägliches Lunchpaket, das sie in Babys Begleitung ins Cedars of Lebanon brachte. Ich schmuggelte in einem von Darcys Schuhkartons Piccolos ins Krankenhaus.

Er war fast geheilt, Faigeles Schwarzhändler. Der Verband um Nase und Mund war ab. Die Flecken unter seinen Augen waren jetzt hellgrün. Er hatte nur eine weiche Narbe auf der Lippe. Wir schlossen die Tür von Chickies Zimmer und kletterten zu ihm aufs Bett. Ich goß Sekt ein. Wir aßen Kaviar, der aussah wie die feuerroten Kerne eines chinesischen Apfels. Mam toastete Blini auf der

Heizung. Zu dem lauen Krankenhaustee aßen wir russischen Kaffeekuchen. Faigele war beschwipst, aber nicht vom Sekt, sondern von der Anspannung, die davon kam, daß sie ein Zimmer voller Spieler im Griff gehabt hatte. Ihre Augen fingen an zu flattern. Sie umarmte Chick und mich. Sie hätte noch mit uns auf dem Bett getanzt, einen verrückten Bronx-Cancan aufgeführt, doch da ging die Tür auf, und eine Frau kam herein, etwa im Alter meiner Mutter, mit einer langen Nase und den unscheinbaren Zügen einer alten Jungfer. Sie hatte ebenfalls einen Lunchkorb dabei sowie zwei Mädchen mit langer Nase und unscheinbaren Augen. Ich brauchte nicht viel Phantasie, um zu erraten, wer das war. Marsha Eisenstadt, die Nervensäge der William Howard Taft, mit ihren Töchtern Cordelia und Annabel Lee.

Chick war entsetzt, doch ich sah, wie er sich als guter Geschäftsmann zusammenriß. »Marsha«, sagte er, »darf ich dir meine Partnerin vorstellen, Mrs. Paley Charyn.«

»Die Park-Avenue-Paleys?« fragte Marsha.

»Nein. Sheridan Avenue und Weißrußland.«

»Ach, die Paley Charyn, die Kartengeberin mit ihrem Analphabetensohn.«

»Es ist Krieg«, sagte meine Mutter, indem sie ihre ganze Grammatik zusammennahm. »Die Vorschulen sind geschlossen. Bitte beleidigen Sie nicht meinen Sohn.«

Marsha sah meine Mutter an und erkannte, daß sie keins von diesen Superweibern war, die ihr Mann auf einem seiner Schwarzmarktpfade aufgelesen hatte. Die dunkle Schöne hatte sie aus dem Gleichgewicht gebracht. Marshas Motor war stehengeblieben. Ihr Vokabular konnte Faigele nichts anhaben.

Sie sagte: »Bastarde und Tagediebe«, was nicht eben nach

einer gebildeten Dame klang. Und sie verließ mit ihren Töchtern das Zimmer, die ihrem Dad nicht einmal einen Kuß gegeben hatten.

»Faigele«, sagte Chick, »ich schwöre dir, es ist nur eine Vernunftehe.«

Mam machte sich daran, die Trümmer unseres Essens aufzusammeln. Sie legte die leeren Piccolos in den Schuhkarton, schob die Kaviarreste in Chicks Nachttisch. »Und was für Ehen gibt es noch?«

»Eine Ehe mit dir«, sagte Chick.

»Und wir hätten im Wald mit Bambi und all den Schwarzmarkthändlern gelebt.«

Wir zogen ab mit unserem Schuhkarton und besuchten Chickie im Krankenhaus nie wieder.

Ringworm

Es war sozusagen die Krankheit der Bronx. Warum, weiß ich nicht. Aber jedesmal, wenn man einen Jungen sah, der mitten im Sommer oder im Frühling einen großen Hut trug, war einem klar, was der Hut bedeutete. Ringworm. Tinea. Blasen, die auf der Kopfhaut ausbrachen wie die kreisrunden Schlünde eines Vulkans. Doch in diesem Vulkan war nichts als Haut und eine Saturnringen ähnliche Kruste. Und die Ringe wiederum sahen aus wie scheußliche, leblose rosa Würmer. Kinderlähmung mochte einen zum Krüppel werden lassen, doch Ringworm machte einen zum Ausgestoßenen. Mit so einem großen Hut, der einen rasierten Kopf verbarg, konnte man nicht zur Schule gehen. Man mußte Sonderferien machen, bis die Blasen verheilt waren.

Die Jungen mit Ringworm taten mir leid, und ich hielt Abstand von ihnen. Ich hatte meine Zukunft auf Eis gelegt, wartete, bis der September kam und mit ihm der Beginn des Schuljahrs: Dann würde ich direkt in die erste Klasse segeln können. Mam liebte noch immer Bücher, doch sie konnte unseren Vorschulunterricht nicht einhalten, wenn sie Karten ausgab und Chicks Kamele beaufsichtigte. Die Last meiner Erziehung fiel deshalb auf Dad, der kaum lesen und schreiben konnte. Und wäh-

47

rend Dad mir etwas beibrachte, brachte ich ihm Lesen bei. So war der Planet der Paley Charyns, der sich immer entgegengesetzt zu allen anderen Planeten drehte.

Dad badete seinen Daumen in einer Bittersalzlösung, er mußte den Boxhandschuh nicht mehr tragen, doch er schien eine schreckliche Angst davor zu haben, wieder in seine Werkstatt zurückzukehren. Welche Gespenster mochten dort auf dem Pelzmarkt auf ihn warten? Mam bot ihm an, ihn hinzubringen, doch Dad lehnte ab. »Geh du zu deinen Kamelen«, sagte er. »Baby wird mich begleiten.«

Und so kam ich zu meiner ersten U-Bahn-Fahrt. Ein paar Tage vor meinem sechsten Geburtstag. Dad und ich trugen beide Braun. Wir sahen aus wie zwei Soldaten. Ich fand es wunderbar unter der Erde. Wenn die Lichter des U-Bahn-Waggons flackerten, wünschte ich mir etwas: Ich wollte in die Tunnel ziehen, dort leben, bei den Ratten, ohne Mutter und Vater, ohne eigenes Zimmer, weder als Paley noch als Charyn, ich wollte ein auf sich gestelltes Rattenjunges sein. Aber es kam anders.

Wir verließen die U-Bahn an der Pennsylvania Station, und ich konnte mich nicht an das grelle Tageslicht gewöhnen. Es riß an meinen Augen. Ich lief herum wie ein Blinder. Doch ich konnte meinen Dad nicht im Stich lassen. Wir überquerten eine große Straße und fuhren mit einem Aufzug hoch, stiegen aus und standen vor einer Metalltür mit einem Schild in der Mitte. Gierig las ich jeden Buchstaben – R-O-Y-A-L F-U-R C-O-R-P-O-R-A-T-I-O-N –, denn ich kannte den Namen von Dads Werkstatt schon. Ich machte einen Satz, schlug auf den Summer und ging mit Dad durch die Tür. Mein ganzer Kopf fing an zu dröhnen. Noch nie hatte ich ein solches Getöse

erlebt, das von einem einzigen Ort herkam. Der Fabrik-
boden bebte unter meinen Füßen. Männer und Frauen
saßen um einen riesigen Tisch herum, brüllten, fluchten,
niesten, äfften einander nach, während sie mit Messern
und Scheren an Stoffballen zerrten und die verstümmel-
ten Teile anderen Männern und Frauen zuwarfen, die sie
wiederum mitten in der Luft auffingen und unter die Na-
deln diverser Nähmaschinen stopften. Doch kaum hatten diese Männer und Frauen Sam erblickt, verstummte
der Krawall. Sie ließen von ihren Werkzeugen ab, standen auf, um meinem Vater die Hand zu schütteln, und
starrten mich an.

»Der kleine Herr des Hauses«, sagte Dad. »Baby. Ich muß
auf ihn aufpassen, seit sie die Vorschulen geschlossen haben.«

»Wer hat die Vorschulen geschlossen?«

»Die Bosse der Bronx«, sagte Dad. »Sie sparen damit Geld
und stecken es sich gegenseitig in die Tasche.«

»Aber wir können ihm ein Handwerk beibringen. Die
Gewerkschaft muß einen Jungen, der keine Vorschule
mehr hat, doch aufnehmen.«

Eine große, dicke Frau setzte mich auf ihren Schoß, und
ich wohnte zwischen ihrem Herzen und ihrer Nähmaschine. Die Tretkurbel konnte ich nicht bedienen. Meine
Beine waren zu kurz. Aber ich konnte ein Stück Stoff in
den Fäusten halten, es zwischen die Fänge der Maschine
führen und zusehen, wie daraus eine halbe Weste wurde. Nie habe ich in Dads Fabrik ein einziges fertiges Stück
gesehen, auch nicht den Pelz eines einzigen Silberfuchs-
es. Aber wie konnte die Fabrik dann pelzgefütterte Westen herstellen? Ich fragte die dicke Frau.

»Das ist ein Militärgeheimnis.«

Der Boß war nach Washington gefahren, um sich im Kriegsministerium mit hohen Tieren von der Navy zu treffen, aber Dad brauchte keine Instruktionen. Er band sich eine blaue Schürze um und machte das Beste aus seinem Besuch in der Fabrik. Zwinkerte den Frauen zu, spornte die Männer an, tanzte um den Tisch herum und herrschte über jede Nähmaschine in der königlichen Pelzwerkstatt. Ohne seine Melancholie war Dad wieder Clark Gable.

Und während Dad wie früher zur Arbeit ging, blieb ich zu Hause. Ich erbte seine Düsterkeit. Mam hatte ihre neue Berufung, Dad hatte seine Werkstatt und seine Pflichten als Wart, und ich hatte nichts als ein eselsohriges Buch. Ich konnte nicht ewig von Rehen im Wald leben. Ich mußte mein eigenes Leben gestalten, aber ich hatte nicht einmal eine Schule, in die ich gehen konnte.

Ich fing an, Mam in den Ohren zu liegen. Ich paßte sie ab, als sie gerade Augen und Mund für das Pokerspiel zurechtmachte.

»Mam, mußt du mich nicht zur ersten Klasse anmelden?«

»Ich habe dich zur Vorschule angemeldet, siehst ja, was passiert ist.«

»Aber wie soll ich dann in die Schule kommen?«

»Ich bringe dich im Juli hin und bitte um ein Gespräch mit dem Rektor.«

»Faigele, im Juli sind die Schulen zu.«

»Dann finden wir eine andere Lösung«, sagte Mam, und schon rannten wir zum Zahnarzt, wo uns das Schicksal bei einem Kartenspiel ereilte. Die dunkle Schöne war inzwischen viel mehr als ein Croupier. Nach dem Spiel begleitete sie nun Fred R. Lions zum Concourse Plaza.

Manchmal trafen sie dort Darcy an, manchmal auch nicht. Im Concourse Plaza hielt nämlich Mr. Lions hof. Er besaß nicht Darcys silberne Erscheinung. Er war ein schlampiger kleiner Kerl mit einem Homburg und einem zerknautschten schwarzen Anzug. Er hatte Mottenkugeln in den Taschen. Er war kein Schwarzhändler wie der Zahnarzt, und ohne Boß Flynn hätte er auch nicht gewählt werden können, aber er war der Kassierer der Bronx. Er sammelte all das Geld ein, das den Borough-Bossen geschuldet wurde, wandte sich, wenn es sein mußte, auch an Darcys Gorillas, verteilte kleine Gefälligkeiten von seinem karminroten Sessel aus wie eine Art Westentaschenpapst. Und die dunkle Schöne verlieh Mr. Lions ein wenig Glanz.

Darcy hatte Mam angeheuert, damit sie neben unserem Borough-Präsidenten saß und darauf aufpaßte, daß er nüchtern blieb. Mam mußte seine Buchführung auswendig lernen, weil ein Kassierer es sich nicht leisten konnte, sich in der Schreibkunst zu üben und eine Papierspur zu hinterlassen. Sie mäßigte seine Streitsucht, bewahrte ihn davor, Darcys Apparat Schaden zuzufügen.

Amerika hatte zwei Kriegshauptstädte: die Bronx und Washington, D.C. Roosevelt regierte das Land von seinem Rollstuhl im Weißen Haus aus, Boß Flynn aber sorgte dafür, daß er dort blieb, karrte die Wähler heran und hielt die anderen Bosse in Schach. »Manhattan?« grummelte Lions immer gern, als wäre er Boß Flynns kleiner Privatpapagei. »Wohnen da nicht die Republikaner?«

Manhattan hatte einen republikanischen Bürgermeister, LaGuardia, doch den hatte Flynn aus der Bronx verbannt. Er machte einen Bogen um das Rathaus, behandelte die

Bronx wie seine eigene Enklave. Von Fiorello LaGuardia brauchte er keine großzügigen Geschenke. Er hatte ja FDR auf seiner Seite, und er verfügte über eine eigene Armee. Die Polizisten, Feuerwehrleute und Müllwerker in der Bronx standen treu zu Flynn. Wie viele würden es wagen, sich gegen einen Mann zu stellen, der ein eigenes Bett im Weißen Haus stehen hatte, ja der mit FDR Poker spielte? Selbst LaGuardia hörte auf Flynn und hielt sich von der Bronx fern ... überließ sie Mr. Lions.

Er war Junggeselle und hatte eine eigene Suite im Concourse Plaza. Seine Nachbarn waren die New York Yankees, die während der Baseball-Saison in dem Hotel wohnten (das Yankee-Stadion lag gleich nebenan, nur ein Stück den Berg runter). Alles spähte aus nach Joe Di-Maggio, doch der war in den Krieg gezogen, und wir mußten uns mit Charlie »King Kong« Keller zufriedengeben, dem einzigen harten Schlagmann, der den Yanks noch geblieben war. Keller war zur Hauptattraktion im Concourse Plaza geworden. Die Gäste schwebten um ihn herum, schrien »King Kong« und baten ihn um Autogramme. Und das war der eigentliche Grund dafür, daß Darcy Mam anheuern mußte – nicht um einen Borough-Präsidenten zu betüteln, sondern um »King Kong« etwas entgegenzusetzen.

Die dunkle Schöne ging mit Darcy und Mr. Lions zu immer mehr Veranstaltungen in der Bronx. Zu einem Bankett oder einem Mitternachtsdiner zu Ehren von Boß Flynn konnte sie mich nicht mitnehmen. Dad aß oft auf dem Pelzmarkt zu Abend, und ich lernte wie ein Waldtier, für mich selbst zu sorgen. Ich mußte auf eine Küchenleiter steigen, wenn ich mir einen Schokoladenpudding machen wollte. Und weil ich so viel mit Mam unterwegs gewesen war und ohne eine Vorschule auskommen mußte, hatte ich auch keine Freunde. Ich kam mir vor wie ein eingefrorenes Kind, das erst zum Leben erweckt werden würde, wenn die Schule anfing. Ich kaufte mir ein Federmäppchen, einen dicken Kasten mit Buntstiften, einen Topf weißen Kleister. Ich behielt den Kalender im Auge wie ein Luchs. Ich konnte es mir nicht leisten, daß die Zeit zurücksprang und mir einen Streich spielte.

Doch es gab noch anderes als Kalenderstreiche. Eines Abends, als Dad mal keine Überstunden machte und die dunkle Schöne nicht mit Mr. Lions auf irgendeinem Basar unterwegs war, sondern wir alle am Eßtisch saßen, trank Dad zuviel Whiskey und brach einen Streit mit Mam vom Zaun. Es mochte um Mr. Lions und Darcy und Mams Kamele oder um Dads Freundinnen in Miami und in seiner Fabrik gegangen sein.

»Dieser Zahnarzt«, sagte Dad, »und seine Diebesbande.« Dad war Mitglied der Liberalen Partei, die mit den Demokraten gebrochen hatte und LaGuardia im Wahlkampf unterstützte.

»Fiorello kann sich in der Bronx nicht blicken lassen.«

»Wozu auch?« sagte Dad. »Da gibt's doch bloß Schwarzhändler zu sehen.«

In ihrer Wut fingen sie an, einander mit Tellern zu bewerfen. Doch ihr Streit drehte sich nicht um Fiorello, die Kleine Blume. Mam und Dad waren einander aus dem Horizont geraten und fanden den Rückweg nicht mehr.

Es war Dad, der den letzten Teller warf. Er mußte die Vergeblichkeit dessen gespürt haben, denn er lächelte wie Clark Gable, blickte auf den Niederschlag in meinen Haaren, blaue und weiße Schrapnelle von den zerschlagenen

Tellern, und sagte, er wolle uns ins Kino ausführen. Wir ließen die Schrapnelle auf unseren Schultern liegen und zogen um die Ecke ins Luxor, wo wir uns einen Kriegsfilm ansahen, *Der unsterbliche Sergeant*. Er handelte von britischen Kommandos im Wüstengelände. Ich erinnere mich an die Schmiere auf ihren Gesichtern, die Netze auf ihren Helmen und jede Menge Sand.

Und ich erinnere mich, wie unser eigener unsterblicher Sergeant mich nach dem Film am Arm zupfte und fragte: »Baby, wen liebst du mehr, Mam oder mich?«

Wir standen auf der Straße wie verbitterte Kommandos, ohne eine Wüste, in der wir uns verstecken konnten. Ich hatte genug von Darcy und Mr. Lions mitbekommen. Ich kannte mich in der Politik aus. Ich brauchte nur zu sagen: *Dad, ich liebe euch beide*. Doch ich konnte es nicht. Ich hatte Angst, die dunkle Schöne zu verlieren.

Dad fragte mich noch einmal. »Wen liebst du mehr?«

»Mam«, sagte ich. »Faigele.«

Ich träumte von der Wüste, frei von Kommandos und Kamelen, mit nichts als Hügeln, die denen der Bronx ähnlich sahen. Und ich war ein einsamer Junge mit einem Warthut, dazu verdammt, die Hügel zu erklimmen, mit Buntstiften in der Tasche und einem kleinen Töpfchen Leim, der mir aus der Hose sickerte wie die klebrigen Bestandteile meiner Zukunft.

Dad erwähnte jenes Gespräch vor dem Luxor nie mehr, doch ich wußte, daß er mir sein Leben lang grollen würde. Ich hatte mir seine Zuneigung verscherzt, war zum Fremden in seinem Haus geworden. Obwohl ich der Sohn eines Luftschutzwarts war, begleitete ich Dad nun nicht mehr auf seinen Runden, konnte auch nicht mehr seine Taschenlampe tragen, die Dächer nach Saboteuren absuchen, etwa einem Nazizwerg, der vom Himmel gefallen war, nachdem er den Atlantik in einem winzigen Ballon überquert hatte.

Ich hielt mich an die gedruckten Zeilen *Bambis*, lebte in den weißen Räumen zwischen den Wörtern, schwitzte wie ein Schneider, um mir mein Vokabular aufzubauen. Ich mußte schließlich auf die erste Klasse vorbereitet sein. Noch immer saß ich auf dem Hochstuhl, wenn die dunkle Schöne Asse und Könige austeilte, folgte ihr noch immer ins Concourse Plaza, aber immerzu stellte ich mir dabei vor, wie es wohl wäre, in einem Klassenzimmer zusammen mit Kindern meines Alters zu sitzen, die nicht ständig von Royal Flushs und Schwarzmarktbutter quasselten.

So gingen der Juni und der Juli dahin, und etwa in der zweiten Augustwoche fing meine Kopfhaut an zu jucken. Mam erwischte mich beim Kratzen, meinte, ich hätte einen Nesselausschlag. »Das ist eine Schwäche der Paleys. Wenn wir wegen irgendwas nervös sind, kriegen wir einen Ausschlag.«

»Ich bin aber nicht nervös, Mam.«

»Doch. Du hast Angst vor der ersten Klasse.«

Das Jucken wurde schlimmer. Ich kratzte mich am Kopf. Bald blutete meine Kopfhaut. Mam schlug mir auf die Hände. »Hör ja auf damit, Baby.« Doch es war egal, was ich tat. Nach und nach fielen mir die Haare aus. Schon mit sechs Jahren hatte ich eine Platte. Mam rannte mit mir zum Arzt. Es war derselbe joviale Mann, der Chick geholfen hatte, den Brief aus Mogilew zu schreiben. Meyer Lanskys Leibarzt. Er hieß Katz. Er besah sich meine Kopfhaut mit einer Leuchtstofflampe, die er wie eine Taschenlampe hielt. Ich weinte, als er weiße Handschuhe anzog und mir den Schädel rasierte. Ich konnte im Spiegel meine runden, roten Wunden sehen. Es war die Pest der Bronx.

»Ringworm kommt in unserer Familie nicht vor«, sagte Mam. »Dies ist ein reinlicher Junge. Ich schrubbe ihn eigenhändig zweimal die Woche.«

»Faigele, das ist ein Pilz. Das kann jedem Kind passieren.«

»In Waisenhäusern, ja. Und auf Spielplätzen. In Sommerlagern. Aber der Junge weiß doch gar nicht, wie man spielt. Er ist ein Bücherwurm.«

»Mam, ich bin der einzige Bücherwurm, der nicht lesen kann.«

Der Arzt badete meinen Schädel in einer schwarzen Lösung, die nach Teer stank. Dann umwickelte er ihn mit Mull und lieh mir eine Baseballkappe. Doch die Kappe konnte meine Kahlheit nicht verbergen, nichts konnte das.

Die Nachricht verbreitete sich wie ein irres Lauffeuer. Unsere Nachbarn versuchten, nett zu sein, hielten aber ihre Kinder von mir fern. Andere Kinder schmissen Wasserbomben aus dem Fenster und vom Dach und schrien »Ringworm, Ringworm«. Die Bomben waren aus Pappe, und wenn sie explodierten, platzte einem fast das Trommelfell. Den größten Ärger aber hatte ich mit den Bronx Seabees, einer Bande Acht- und Neunjähriger, die die Navy anhimmelten und Schlachtschiffe und Pontonhäfen und -brücken bauen wollten. Unterdessen meinten sie, einen Hafen aus meiner Haut bauen zu müssen. Sie nahmen mir meine Hüte weg, veranstalteten mit ihren Besenstielen und Seabee-»Schlägern«, die aus aufgerollten und mit Draht umwickelten Zeitungen bestanden, ein Spießrutenlaufen mit mir. Sie prügelten mich auf

Schultern, Beine und Po, während ich meine Kahlheit bedeckte und den Biß des Drahts ertrug.

Ihre Anführer waren die Rathcart-Zwillinge, Newton und Val, Rotschöpfe mit einem gemeinen Zug und einem sagenhaften IQ. Sie wohnten im Albatross, einer Wohnsiedlung für Reiche. Im Albatross gab es einen Park und ein Tor mit goldenen Speeren. Newtons und Vals Mam war eine weltberühmte Künstlerin, Rosemund Rathcart, die im *Daily Mirror* einen eigenen Comicstrip untergebracht hatte. Der hieß »Rat Man« und handelte von einem unehrenhaft entlassenen Marinesoldaten, dem Gefreiten Launcelot Perry, der in Shark Bay auf der Straße lebte. Diese Stadt besaß alle Merkmale der Bronx – einen Boulevard wie den Grand Concourse, ein Borough-Rathaus, ein Baseballstadion, einen botanischen Garten. Launcelot Perry verkaufte Hot dogs im Stadion und wohnte bei den Ratten hinter einer Mülltonne. Seine Verlobte, Emma Martins, war Krankenschwester und versuchte, den Rattenmann zu retten, ihn in die Zivilisation zurückzuführen. Launcelot Perry aber wollte sich nicht zivilisieren lassen. Doch das machte ihn nicht weniger patriotisch. Kaum hatte der Krieg begonnen, fing Launcelot an, Deutsche und Japaner einzusammeln, die von der Bay hereinkamen und sich in den Tunneln unter dem Stadion herumdrückten. Army und Navy boten ihm ständig große Belohnungen an, doch der Rattenmann wollte das Geld nicht und auch nicht als Obergefreiter zurück zu den Marines. Er war es zufrieden, Hot dogs zu verkaufen.

Die meisten Sprechblasen in dem Comic konnte ich nicht lesen, doch was ich sah, genügte, um mir klarzumachen, daß nichts mich je wieder so berühren würde wie der

Rattenmann, Launcelot Perry. Ich war ihm auf immer verfallen. Er ging nicht in die Falle von Politik und Reichtum. Der Rattenmann hatte keine Ambitionen. Wenn nicht Krieg gewesen wäre, hätte er auch keine Spione gejagt.

Die Mama des Rattenmanns, Rosemund, hatte sich bereit erklärt, im Adath Israel, jenem Tempel auf dem Grand Concourse, Kunst zu unterrichten. Sie unterstützte Len, den Hilfsrabbi, der mich in seine Klasse gelassen hatte. Mir gehörte der Eckstuhl, weil keiner neben mir sitzen wollte. Die Hälfte der Seabees hatte sich zu dem Unterricht angemeldet, einschließlich der Rathcart-Zwillinge, aber die konnten mir nichts anhaben. Wer »Ringworm« sagte, flog aus der Klasse.

Rosemund Rathcart war blonder als Betty Grable, größer und langbeiniger als Rosalind Russell. Sogar mit Brille war sie fast so schön wie die dunkle Frau. Und als sie Launcelot Perry mit farbiger Kreide an die Tafel malte – die Augen blau wie der Hudson, die Wangen mit schwarzen Höhlen, der Mund ein wenig rosa –, verliebte ich mich in sie.

»Kinder«, sagte sie, »Kreide ist nur ein Instrument, wie ein Rapier oder ein Gewehr« (ich schämte mich meiner Dummheit zu sehr, um zu fragen, was ein Rapier ist). »Sie gehorcht Befehlen, hört auf das innere Auge. Die allerbesten Künstler zeichnen oft mit geschlossenen Augen.«

Wir Kinder hatten statt Kreide Buntstifte, dazu Bögen Fleischerpapier, das Len auf dem Schwarzmarkt kaufen mußte, und alle attackierten wir es mit unserem inneren Auge. Mrs. Rathcart sagte, wir sollten eine Freundin für den Rattenmann erfinden, eine Rivalin von Emma Martins.

Ich schloß die Augen und zeichnete ein blondes Superweib mit Brille und langen Beinen. Mrs. Rathcart sah
sich meine Zeichnung und den Hut auf meinem Kopf an
und flüsterte Len etwas zu. Nach der Stunde kam er zu
mir. »Ich muß dich leider raussetzen, Baby. Mrs. Rathcart will nicht unterrichten, solange du da bist. Sie sagt,
du seist ansteckend.«

»Aber nicht, wenn ich den Hut aufhabe, Len, nicht mit
dem Verband. Der Arzt gießt mir Teer auf den Kopf.«

»Tut mir leid. Es ist ihr Unterricht.«

Ich knabberte eine Woche an meinem Elend und erzählte
es dann Mam.

»Die ist doch keine Diktatorin«, sagte sie. »Du hast die
Buntstifte. Geh wieder in deine Klasse.«

»Kann nicht, Mam. Die Künstlerin erlaubt es nicht.«

»Ich werde sie umstimmen.«

»Aber Mam, ihre Zeichnungen sind im *Mirror*. Sie ist ein
großer Star.«

»Baby, ich kriege die größten Stars klein.«

Ich konnte mir Faigele nicht als Mahlwerk vorstellen,
doch ich ging mit meinen ganzen Stiften wieder in
die Klasse. Die blonde Frau war fuchsteufelswild. Sie
kreischte Len an, nannte ihn einen Feigling, der nicht
mal einen kleinen Jungen rausschmeißen könne. Sie pla-
zierte mich ans Fenster. Ich durfte Lens Fleischerpapier
nicht benutzen. Ich mußte zusehen, wie die anderen
Kinder zeichneten.

Dann hörte ich es klopfen, und Darcy kam in die Klasse
hereinspaziert mit Mr. Lions und einem Paar Leibwäch-
ter, die sich ihren Filzhut aufs Herz drückten. Mam war
auch dabei, sie trug Lippenstift und Mascara einer Kartengeberin.

Das Eis brach nicht unser Borough-Präsident. Sondern Darcy Staples.

»Entspricht das der Verfassung, Mr. Lions? Ein Kunstlehrer, der zudem dem geistlichen Stand angehört, diskriminiert die eigenen Schüler?«

»Das ist undemokratisch, um das mindeste zu sagen.«

»Und wenn ich ihn vorladen lasse? Ein Tempel mit leckenden Wasserrohren ... in dem private Seminare durchgeführt werden.«

»Ich habe eine Erlaubnis«, murmelte Len. »Ein unterzeichnetes Dokument vom Bürgermeister und von der Erziehungsbehörde.«

»Vom Bürgermeister? Wir akzeptieren kein Mandat aus Manhattan. Was Sie brauchen, Len, ist das Siegel der Bronx.«

»Das ist ja grotesk«, sagte Mrs. Rathcart. »Ich lasse mich nicht einschüchtern. Ihr seid doch Gangster, jeder einzelne von euch ... und eure Gangsterbraut habt ihr auch dabei.«

»Gangsterbraut, Ma'am?« sagte Darcy. »Das ist Mrs. Faigele Charyn, die Mutter des verleumdeten Jungen.«

Mam lächelte wie ein hinreißender Schakal. »Die Gangsterbraut brennt Ihnen gleich die Augen aus.« Und Mam zündete ein Streichholz an. »Baby, zähl bis drei.«

Doch ich zählte nicht. Auch wenn Rosemund vor ihrem inneren Auge Launcelot Perry zeichnen konnte, konnte ich es nicht darauf ankommen lassen.

»Ich bin mit dem Bürgermeister persönlich befreundet«, sagte Rosemund. »Ich kenne den Generalstaatsanwalt der Vereinigten Staaten.«

»Ts«, sagte der Zahnarzt. »Trotzdem brauchen Sie das Siegel der Bronx.«

»Der Junge hat Ringworm. Der dürfte gar nicht hier sein.«

»Er tanzt nicht mit den anderen Kindern«, sagte Mam. »Er küßt sie nicht, er steckt nicht den Kopf mit ihnen zusammen. Sind seine Stifte etwa Krankheitsträger? Mein Sohn bewundert Sie und Ihre Bilder. Wir alle bewundern Sie. Darcy, hast du eine Folge des ›Rat Man‹ versäumt?«

»Ich könnte ohne Launcelot nicht leben.«

»Lichtjahre besser als Dick Tracy und Donald Duck«, sagte unser Borough-Präsident.

Ich weiß nicht, ob es die Schmeicheleien oder Mams glühende Augen waren, die Mrs. Rathcart anrührten und mich retteten. Jedenfalls durfte ich wieder in die Klasse und auf Fleischerpapier krakeln. Und wir feierten unseren Sieg, tranken im Concourse Plaza Sekt. Darcy, Mr. Lions, Mam und ich. Der Kellner durfte einem Sechsjährigen eigentlich kein alkoholisches Getränk servieren. Doch das Concourse Plaza war Darcys Kantine, und er bestand darauf, daß ich einen Schluck trank.

»Auf Faigele«, sagte Darcy, »und unseren Herrn Künstler hier, der einmal ein zweiter Rembrandt werden wird.«

»Um das mindeste zu sagen«, sagte Mr. Lions und zerdrückte das Glas in seiner Faust.

Das sollte Glück bringen. Doch 1943 hatte ich kein Glück. Mrs. Rathcart zog sich vom Unterrichten zurück, und Len stellte seine Kunstklasse lieber ein, als sich um das Siegel der Bronx zu bemühen. Und ich kehrte heim ins Land des Nichts. Mit Wasserbomben als Begleitern.

Die Seabees nahmen mir weiter meine Hüte weg; Newt und Val piesackten mich die ganze Zeit. »Ringworm, du hast unseren Kunstunterricht kaputtgemacht. Deine Mam ist eine Gangsterbraut und eine Schnepfe.«

»Was ist eine Schnepfe?«

»Eine gierige Glucke«, sagte Newt.

»Sie springt mit allen Politikern in die Kiste«, sagte Val.

»Was bedeutet ›in die Kiste springen‹?«

Sie hauten mir mit ihren Seabee-Schlägern auf den Kopf, und niemand hinderte sie daran. Sie sammelten Blechdosen für Mr. Roosevelt. Sie waren mit ihrer Mam im Weißen Haus gewesen. Sie hatten mit Mrs. Roosevelt, die »Rat Man« liebte und ein Bild von Launcelot und Emma Martins in ihrem Arbeitszimmer aufbewahrte, Tee getrunken. Und Mrs. Rathcarts Schneider hatte den Zwillingen ein Navy-Cape geschneidert, eine Nachbildung desjenigen, das Roosevelt immer trug, wenn er auf einem Schlachtschiff war.

»Gute Nacht, Ringworm«, sagte Val, während Newt auf meine Schultern einprügelte. »Träum süß.«

Es war heller Nachmittag, und wieder war ich ohne Hut. Ein Mann schlich heran, eine Hutschachtel in der Hand. Er sah aus wie ein sehr eleganter Landstreicher. Sein Anzug hätte aus Darcys Schrank stammen können, doch die Manschetten waren abgestoßen, und die Hose hatte schon lange kein Bügelbrett mehr gesehen. Seine Schuhe waren mit weißer Farbe bespritzt; um das Kinn hatte er ein Stoppelfeld. In sein Gesicht waren Schatten eingegraben, wie bei Launcelot Perry. Der Rattenmann hielt mich so fest gepackt, daß ich sagte: »Launcelot, bist du es?«

Der Rattenmann lachte. Dann sah ich die weißen Haare unter seinem Filzhut, und ich erkannte den einstmaligen Partner meiner Mutter, Chick Eisenstadt, den Schwarzhändler, der monatelang im Cedars of Lebanon in Pension gewesen war. Doch das Krankenhaus hatte ihn mitgenommen. Er hatte sein Flair verloren.

»Baby«, sagte er.

»Ich heiße jetzt Ringworm.«

Er öffnete die Hutschachtel, die voller Baseballkappen war, Schwarzmarktware. Er hatte eine ganze Ladung Kappen ergattert, aber sie waren alle von den St. Louis Browns, einer Mannschaft, die noch nie in der World Series gewesen war. Kein Junge aus der Bronx würde je eine Brownie-Kappe tragen. Die Brownies waren das Grab. Wenn St. Louis in der Stadt antrat, mußten die Yanks ihre Eintrittskarten wegschmeißen.

»Chick«, sagte ich, »ich kann doch keinen Brownie-Hut aufsetzen. Dann verhaften mich die Cops.«

»Keine Sorge«, sagte Chickie. »Ich habe dir diesen Vorrat gekauft. Die kleinen Hunde können dir deine Kappen jetzt wegnehmen, sooft sie wollen, du hast immer eine neue.«

»Aber woher weißt du, daß ich Ringworm habe?«

»Von Dr. Katz. Und ich habe mir gedacht, daß du bestimmt Schwierigkeiten hast, immer etwas auf dem Kopf zu haben. Also habe ich mich nach einer Fuhre Hüte umgesehen und genommen, was ich eben kriegen konnte.« Chick nahm seinen Filzhut ab und setzte eine Brownie-Kappe auf. Und ich brachte es nicht übers Herz, ihn allein damit herumlaufen zu lassen, als den einzigen auf dem Concourse mit einer Brownie-Kappe. Also griff ich in die Hutschachtel und trug die Farben und den steifen Schnabel der St. Louis Browns.

Wir waren zusammen wie zwei Waisen, Chick und ich. Die Leute müssen gedacht haben, wir seien mit unseren Schnabelkappen aus dem Irrenhaus ausgebrochen. Chick galt nicht mehr besonders viel im Bitter Eagles. Mam traf sich mit Chickies ehemaligen Kamelen jetzt in der Praxis des Zahnarztes. Anscheinend konnte sie ihm nicht verzeihen, daß er es hingenommen hatte, als seine Frau im Cedars of Lebanon hereingeplatzt war. Dabei war es gar nicht Chicks Schuld, daß Marsha Eisenstadt mich einen Trottel genannt hatte. Doch die dunkle Schöne war ein bißchen wie Dad. Verzeihen war einfach nicht ihre Art.

Chick war sein eigenes Kamel geworden. Er trug selbst, was es zu tragen gab – in einer Hutschachtel oder unterm Hemd. Und er arbeitete nebenher als Anstreicher, um sich über Wasser zu halten. Er hatte teure Kinder, eine teure Frau. Er strich Wohnungen am Concourse, arbeitete in einer Brownie-Kappe und Anzügen, die ihm schon auf dem Buckel verrotteten.

Manchmal nahm Chick mich mit zu einem seiner Jobs. Dann aßen wir Sandwiches unter der Trittleiter, hörten Radio, tranken Tee aus einer riesigen Thermosflasche. Chick strich gern mit einem ganz dicken Pinsel. Er beugte sich über die Leiter hinaus und überzog ein Stück Wand mit einem Cremeweiß, das dicke Tropfen auf meiner Kappe hinterließ. Er ließ mich in den Ecken mit einem winzigen Pinsel streichen, der wenig Schaden anrichten konnte. Dann lachte er und zog meine Striche nach. Er arbeitete sehr schnell. Und bald waren wir beide mit den gleichen weißen Flecken überzogen.

Er war für mich Mam und Dad, und ich fragte mich, was wohl geschehen wäre, wenn Chick die dunkle Frau geheiratet hätte und nicht die Nervensäge von der William Howard Taft. Hätte er dann seinen Sohn zu Trittleiterpicknicks in einer Welt aus Benzol und Gipsstaub mitgenommen? Es war gefährlich, sich einen Elternteil ganz neu zu erfinden und sich damit auch eine neue Ahnengalerie zuzulegen. Ein Stamm von Paley Charyns war genug.

Chickie war mein großes Geheimnis. Ich konnte Mam nicht sagen, daß ich wieder einen wenn auch andersartigen Malunterricht besuchte. Doch egal, wie stark Chick unsere Kleider mit Terpentin abrieb, wir blieben zwei Gefleckte. Und Mam fielen die Flecken allmählich auf.

»Baby«, sagte sie, »wirst du nun zu einem Leoparden oder einer Giraffe?«

»Zu beidem«, sagte ich, weil ich nicht wußte, was ich antworten sollte. »Mam, die Wolken werden so fett, daß es in der Bronx Milch regnet.«

Als ich das nächste Mal mit Chick malerte, kletterte ich mit ihm die Leiter hoch, damit wir im Tandem arbeiten, den ganzen Planeten cremeweiß streichen konnten. Ich entdeckte einen Gast unter unserer Leiter. Die dunkle Schöne in ihren Kartengebersachen. Sie sah die Malerfarbe in unseren Augen. »Meine zwei bitteren Adler«, sagte sie, »die gern unter der Decke fliegen.«

Wir kamen von der Leiter herab. Chick mit seinem Pinsel, ich mit meinem. Mam fing an, ihn auszuschimpfen. »Mr. Eisenstadt, haben Sie noch nie etwas vom Kinderarbeitsschutzgesetz gehört?«

Mams Ex-Partner war tief gekränkt. »Faigele, habe ich meinen Namen auf der Straße verloren? Ich bin Chick.«

»Der Chick, an den ich mich erinnere, hätte einen Jungen mit Ringworm niemals ausgenutzt.«

»Mam, das hat er gar nicht«, sagte ich. »Chick hat mir zehn Baseballkappen gegeben, damit ich nicht kahl herumlaufen muß.«

»Lieber kahl«, sagte Mam, »als Staub in den Lungen, von dem man Tuberkulose kriegt. Ein Junge braucht frische Luft.«

»Faigele, die frische Luft hat ihn was gekostet.«

»Frische Luft ist kostenlos.«

»Nicht, wenn andere Jungs ihn schlagen und ihm seine Kappen wegnehmen.«

»Ich bin kein Waschlappen«, sagte Mam. »Ich kämpfe gegen diese Jungen.«

»Gegen die halbe Bronx?«

»Dann heuere ich die andere Hälfte an und bekämpfe damit die Hälfte, die ihm seine Kappen wegnimmt.«

Und Mam nahm mich Onkel Chick weg, zerrte mich mit meiner gefleckten Kappe davon.

Wüstenjunge

Ich hatte eine regelrechte Hutkolonie, einen schiefen Turm, der den St. Louis Browns geweiht war. Und ich war der kleine verrückte Hutmacher, der durch die Straßen marschierte. Doch ich vermißte meinen anderen Dad, Onkel Chick. Ich hatte mich in den Geruch von Terpentin und die weißen Flecken auf meinen Schuhen verliebt. Schließlich hatte ich einen Job gehabt, als Chicks Lehrling, und wenn ich auf die Leiter stieg oder mit Chick Sandwiches aß, träumte ich nicht von der Schule. Ich wäre sehr gern Anstreicher gewesen, solange nur Chick bei mir war und mit mir Radio hörte. Doch Chick war nicht da, und als das Schuljahr ohne mich begann, wurde ich melancholisch. Ich hatte meine Buntstifte und meinen Topf Leim, doch ich konnte mich nicht in die P.S. 88 wagen, eine zur Grundschule umgebaute Feuerwache oben auf dem Hügel, hundert Jahre alt, mit dunkelroten Mauern. Statt dessen mußte ich mit ansehen, wie alle anderen Kinder im Umkreis des Concourse mit ihren Federmäppchen zu *meiner* Schule strebten.
Mein Herz war ein Klumpen Bitterkeit. Ich trug einen solchen Groll in mir, die ganze Schule hätte ich niederbrennen können, wenn jemand mir ein Streichholz in die Hand gedrückt hätte. Aber eigentlich hätte ich froh sein

sollen. Während der Unterrichtsstunden, wenn die Seabees in der alten Feuerwache steckten, schrie niemand »Ringworm« oder nahm mir meinen Hut weg, und ich konnte nach Lust und Laune umherstreifen. Ich besuchte den Soldaten, der im Claremont Park stationiert war. Das einzige, was er zu tun hatte, war, auf dem kleinen Sattel einer Flugabwehrkanone zu sitzen, die in den blauen Himmel der Bronx gerichtet war. Ich bin mir nicht einmal sicher, ob diese Flak überhaupt geladen war. Doch der Soldat saß da. Er hob und senkte den Sattel mit dem gleichen kleinen Hebel, den Darcy an seinem Zahnarztstuhl hatte. Und wie mein Dad trug er einen weißen Helm. Wir beide waren Ausgestoßene, er mit seiner verrückten Kanone, ich mit meiner vergifteten Kopfhaut, und ich faßte eine kleine Zuneigung zu ihm, einem Soldaten mit schiefem Gesicht und einer Zigarette, die ihm aus den rissigen Lippen hing. Er flirtete mit den Hausfrauen, die ihre Kinderwagen an seinem winzigen Reich vorbeischoben, doch keine hatte etwas für einen einfachen Soldaten mit einer Flak übrig. Immer war er allein.

Er ritt auf und ab auf seinem Sattel, schwenkte die Kanone umher, tat, als holte er einen deutschen Bomber vom Himmel, doch es gab nichts, worauf er hätte schießen können, nicht einmal einen Spatzen, eine Taube oder einen Drachen. Er war ein Gefangener des Volks, dazu verurteilt, Teil einer lächerlichen Wache zu sein.

Die Seabees verachteten ihn, weil er nicht bei der Navy war. Nach der Schule kamen sie daher, bewarfen ihn mit Steinen, quälten ihn von einem fernen Felsen aus, und wenn ich mich zu lange dort herumdrückte, rannten sie mir nach, schnappten meinen Hut, drückten mein Gesicht ins Gras.

Der Soldat stieg nie von seinem Sattel, um mich zu retten. Er mußte ja den Himmel schützen. Einmal aber, Anfang Oktober, als die Rathcart-Zwillinge und fünf andere Seabees mich im Claremont Park gestellt hatten und mit ihrer üblichen Leidenschaft verprügelten, schien ein machtvoller Wind von den Felsen herabzuwehen und sie inmitten ihrer Kriegsgesänge zu Boden zu werfen. »Ringworm, Ringworm.« Dieser Wind hatte braune Augen und den dunklen Teint meiner Mutter.

Alle sieben Seabees fingen an zu heulen und zu schreien. »Wir haben's nicht so gemeint, Harve. Wir fassen Ringworm nicht mehr an.«

»Wie heißt Ringworm richtig?«

»Baby, Baby Charyn«, flöteten Val und Newt, und dann türmten sie mit ihrem miesen Seabee-Rudel aus dem Park. Ich war allein mit meinem Bruder Harvey, der neun Jahre alt war und Asthma hatte. Er verstand sich nicht mit Mam. Sie hatte ihn auf eine Schule für Asthmatiker in die Wüste geschickt, nach Tucson, Arizona, was einer Strafe gleichkam. Doch die dunkle Schöne war nicht grausam. Harve konnte die feuchte Luft der Bronx nicht atmen. Die Wüste hatte ihm das Leben gerettet.

Seine Haut war viel dunkler als meine, und er war schlaksig wie eine Schlange. Ich hatte Harve zwölf oder dreizehn Monate nicht gesehen. Er hatte die Rathcarts vertrieben, doch er wollte mich nicht umarmen und auch nicht guten Tag sagen. Er zog mich vom Gras hoch und fing an, mich quer durch den Claremont Park zu treten. Es waren nicht seine kräftigsten Tritte, dennoch taten sie weh.

»Ihr habt euch gegen Dad verschworen, du und Mam.«

»Harve, ich schwör's dir, ich bin mit Dad zu seiner Werkstatt gegangen. Er braucht mich nicht mehr. Kannst ihn selber fragen.«

»Da muß ich nicht fragen. Mam ist nie zu Hause. Dad muß trockene Bohnen auf dem Pelzmarkt kauen.«

»Mam kann nicht anders. Sie ist jetzt Politikerin. Sie sorgt dafür, daß Roosevelt im Weißen Haus bleibt.«

»Lüg nicht. Sie ist eine Kartengeberin. Und sie leitet eine Schwarzmarktfiliale.«

»Nur eine kleine Filiale«, sagte ich, woraufhin Harve mich in den Springbrunnen stieß. Ich fand, daß es sicherer war, den Mund zu halten. Ich nahm den Baseballhut ab. Harve hatte die Browns immer gehaßt.

»Du Idiot«, sagte er. »Setz deinen Hut auf. Muß doch keiner sehen, daß du Ringworm hast.«

»Aber Ringworm ist nicht so eklig wie die St. Louis Browns.«

Er trat mich auf den Steiß. Ich mußte vornübergebeugt gehen wie ein alter Mann.

»Ich war in St. Louis, so schlimm ist das nicht.«

»Hast du die Brownies spielen sehen?«

»Es war Winter. Da schliefen die Brownies.«

»Was ist dann so toll an St. Louis?«

»Es ist Amerika«, sagte er, und ich bemühte mich, ihm zu glauben.

»Und wir? Wir haben doch den Concourse und Charlie Keller und mehr Löwen als jeder andere Zoo.«

»Stimmt«, sagte Harve. »Die Bronx ist ein großer Löwenkäfig.«

»Aber Löwen sind doch auch Amerika.«

Harve war so angewidert, daß er aufhörte, mich zu treten. Dann gingen wir nach Hause, mein Bruder wie ein Bronx-Gott mit einem Arizona-Gesicht. Dad war oben. Harve mußte ihn in seiner Werkstatt angerufen haben. Er tanzte und fing an zu weinen, als er meinen Bruder sah. »Ich hab dich vermißt, Harvey, sehr vermißt.« Aber nie hatte er von Harve gesprochen, ihn die ganze Zeit, die Harvey weg war, nie erwähnt. Ob das mit der dunklen Schönen zusammenhing? Ob Mam Macht über Dad hatte? Und der kleine Ringworm-Junge? Ich hatte doch Harveys Postkarten aus dem Briefkasten geholt, sie bei Mam und Dad abgeliefert, aber keiner von uns konnte seine Schrift lesen. Und ich kann mich nicht erinnern, daß Mam die Karten einmal Chick gezeigt hätte. Sie waren Harveys höchstpersönliche Hieroglyphen. Mam nahm die Karten und bewahrte sie in derselben Holzkiste auf, in der auch die Briefe aus Mogilew lagen. Ein-, zweimal erwischte ich sie dabei, wie sie sich spät nachts die Karten ansah und versuchte, Harveys Geschreibsel zu entziffern. Doch kaum bemerkte sie mich, warf Mam sie wieder in die Kiste. Harveys Sprache stand zwischen ihm und ihr.

Dad ging mit Harve und mir auf ein frühes Abendessen ins Bitter Eagles. Wir saßen zwischen all den Tatarengangstern, die Harves Mongolenaugen hatten. Die Gangster gaben uns Wodka zu trinken. Sie mußten eine gewisse Verwandtschaft mit meinem Bruder gespürt haben, die über die Form und Farbe seiner Augen hinausging.

»Sonny«, sagten sie. »Wir haben dich noch nie gesehen. Woher kommst du?«

»Ich lebe in Arizona«, sagte Harve.

»Kennst du zufällig Blackie Shamberg? Der ist vor fünf Jahren nach Phoenix gezogen.«

»Ich bin aus Tucson.«

»Schade«, sagten die Gangster. »Du hättest Blackie gefallen. Du bist sein Typ.«

Die Tataren ließen uns nicht bezahlen. Sie boten uns einen Nachtisch an und tranken mongolischen Tee an unserem Tisch. Sie alle trugen goldene Armbänder und einen Ring am kleinen Finger und Halskettchen. Sie waren wie Papageien angezogen, gelbgrün und taubenblau.

Harvey stellte sich vor.

»Ah, Faigeles Kleiner ... seltsam. Du hast Haare auf dem Kopf, und Faigeles Kleiner soll doch eine Glatze haben.«

»Das ist mein Bruder, Baby Jerome.«

»Der mit der komischen Kappe? Dann hat Faigele ja eine ganze Jungenmannschaft. Aber sag ihr, sie soll sich vorsehen. Ihr Zahnarzt fällt wohl bald auf die Nase.«

»Welcher Zahnarzt?« mußte Harvey fragen.

»Es gibt nur einen. Darcy Staples. Und der Gouverneur hat es auf ihn abgesehen. Tom Dewey hat der Bronx den Krieg erklärt.«

Dewey wollte 1944 gegen Roosevelt antreten. Er war das unbeschriebene Blatt der Republikaner. Als Bezirksstaatsanwalt von Manhattan hatte Dewey dort alle Gangster verprügelt und ins Gefängnis geschickt. Und nun nahm er sich Roosevelts Leute in der Bronx vor. Boß Flynn nannte ihn gern »diesen Lausejungen mit dem Schnauzbart«. Dewey war eigentlich kein Junge. Er war einundvierzig, dennoch wäre er der jüngste Präsident, den wir je gehabt hätten, sollte er FDR aus dem Weißen Haus jagen können.

Pech für Dad, daß er einen ähnlichen Schnauzbart wie Tom Dewey hatte. Die Gangster wurden mißtrauisch.

»Ist das ein Freund von dir?« fragten sie Harve.

»Das ist mein Dad, Sergeant Sam.«

»Ah, der Luftschutzwart.« Sie schüttelten Dad die Hand.

»Glückwunsch. Du hast einen ungeheuren Stamm.«

Die Gangster bestanden darauf, uns in ihrem Privattaxi nach Hause zu fahren. Wir kamen gegen Mitternacht an, ein paar Minuten vor Mam. Sie trug die Haare zurückgekämmt wie ein Filmstar. Ihre Lippen waren eine hinreißende rote Wunde. Sie kam von einer Soiree im Concourse Plaza. Sie trug ihren Silberfuchs, ein scharlachrotes Kleid und lila Schuhe. Sie torkelte in die Wohnung mit Sektfieber in den Augen. Doch das Fieber verschwand, als sie Harve sah. »Der Wüstenjunge«, brummelte sie. »Konntest du uns denn nicht vorher sagen, wann du kommst?«

Und der schlaksigen Schlange kam ihre Selbstgefälligkeit abhanden. »Hab ich doch, Mam. In meiner letzten Postkarte.«

»Wer kann schon deine Karten lesen?« sagte sie. »Wer kann sie lesen?«

Die dunkle Schöne nahm meinen Bruder in die Arme, hielt ihn lange an den Silberfuchs gedrückt.

»Mam«, sagte ich, »Darcy ist in Schwierigkeiten.«

»Wer sagt das?«

»Ein paar Gauner im Bitter Eagles.«

»Ihr wart ohne mich in *meinem* Restaurant?«

»Mam«, sagte ich, »wir mußten doch was essen.«

»Und was hatten diese Banditen zu sagen?«

»Daß Dewey die Bronx zu Fall bringt.«

Die rote Wunde öffnete sich weit, und die dunkle Schöne lachte auf. »Dewey kann uns nichts anhaben. Der Zahnarzt verspeist ihn kalt und ohne Senf ... Harvey, muß ich denn nach deinen Postkarten suchen? Warum bist du hier?«

»Die Sea Scouts machen eine Parade. Die wollte ich nicht versäumen.«

»Du bist wegen irgend so einer Parade den ganzen Weg von Arizona hierher gerannt?«

»Ich mußte, Mam. Ich kann doch meine Crew nicht im Stich lassen.«

Harve war einer der ersten Sea Scouts der Bronx. Die Scouts waren Jungkadetten, die für den Fall, daß der Krieg nicht aufhörte und dem Land die Matrosen ausgingen, von der Navy aufgebaut und gefördert wurden. Boß Flynn und FDR hatten der Scoutflotte der Bronx ihren Segen erteilt.

»Und wie willst du nach Arizona zurückkommen?«

»Per Anhalter«, sagte Harve.

»Keiner aus meiner Familie fängt zu trampen an. Sam, sprich mit ihm. Bestehe darauf.«

»Mam, das klappt immer. Ich trage meine Uniform. Ich sehe wie ein Matrose aus. Alle halten.«

»Sam, ich bring ihn um«, kreischte die dunkle Frau, und wir flößten ihr heiße Milch ein. Wir alle hatten Schluckauf, sogar Dad. Mam gab Harve einen Gutenachtkuß. »Mein Gangster«, sagte sie, »mein Sea Scout.«

Mam und Dad gingen in ihr Bett, Harve und ich in meines. Ich schlief gern mit Harve in einem Bett. Er hatte ein Zaubergewehr aus Arizona mitgebracht. Das Gewehr hatte neben dem Abzug eine Glühbirne, und die konnte Bilder an eine dunkle Wand schießen. Eine halbe Stunde lang sahen wir uns nackte Frauen an. Ihre Körper waren verwackelt. Sie waren nicht schön, nicht wie Joan Crawford ... oder Faigele. Sie hatten unstete rosa Augen wie verrückte Barrakudas, die anscheinend nicht ins Licht sehen konnten. Und ich überlegte, ob das die gleichen wilden Frauen waren, die Dad in Miami kennengelernt hatte, aber so wild waren sie nun auch wieder nicht; was machte Harvey überhaupt mit diesen Bildern in seinem Laternengewehr?

»Ganz schön scharf, was, Baby?«

Ich war enttäuscht, aber das sagte ich Harve nicht. Mir wäre es lieber gewesen, wenn aus dem Gewehr Ansichten von Tucson gekommen wären. Wo war das Amerika, von dem Harve geprahlt hatte? Ich schloß die Augen und schlief ein, während an der Wand eine nackte Tänzerin mit dem Bauch wackelte.

Jetzt, wo Harvey da war, sah die Welt anders aus. Jetzt sagte niemand »Ringworm« zu mir. Niemand versuchte, mir den Hut wegzunehmen. Die Seabees hätten jeden, der Baby belästigte, umgebracht. Mein Bruder war kein Fürst wie Darcy Staples. Er hatte keinen Zahnarztstuhl und auch keine Bande Ganovencops, doch er entkam der Politik nicht. Die Rathcart-Zwillinge schleimten sich bei ihm ein. Sie nannten sich zwar »Seabees«, aber echte Scouts waren sie eben doch nicht, und sie hofften, Harve hätte Einfluß und könnte etwas regeln, so daß sie in der Parade mitmarschieren durften. Doch was für eine Parade wäre das gewesen, wenn Harve neben Newt und Val hätte marschieren müssen?

Vielleicht war er ja doch ein Fürst. Mam ließ ihn im Bett liegen, so lange er wollte, und sie fing an, für Harve Orangen auszupressen; Asthmatiker konnten ohne Orangensaft nicht leben. Und Harve war der einzige im Haus, der der Telephongesellschaft ein Briefchen schreiben konnte, auch wenn seine Handschrift nicht gerade toll war. In Arizona hatte er sein Englisch aufpoliert, hatte sämtliche Rätsel der Grammatik gelöst, die für Mam und mich den Ruin bedeuteten. Er lachte über unsere kleinen Lektürestunden, meinte, *Bambi* sei nur was für Säuglinge. Er hatte die Bücherei in Tucson durchgelesen, redete von Jack London und Huckleberry Finn, einem Mann mit einer Eisenmaske und einem Ungeheuer namens Mr. Hyde. Dad interessierte sich nicht für Ungeheuer und Landstreicher, doch ich sah Faigele an, und Faigele sah mich an. Beide konnten wir uns nicht von all den Gestalten erholen, die Harvey aus seinen Leihbüchern gerissen und in seinem Kopf eingelagert hatte. Wir liebten Harvey, doch ich begriff, warum Mam ihn ins Exil geschickt hatte. Das Asthma war nur ein Vorwand. Wir hätten uns danach verzehrt, so wie mein Bruder sein zu können.

Für Dad war er ein Held, Harve ging mit ihm zum Pelzmarkt, aß mit ihm und dessen Boß zu Mittag. Doch Dad konnte es sich leisten, Harve grenzenlos zu lieben. Dad las ja nicht. Jack London und George Sand bedeuteten ihm nichts. Mit wilden Burschen und Männern mit einer Eisenmaske wußte er nichts anzufangen. Er konnte die Dinge nur mit dem Schnitt seines Messers erfassen.

Die dunkle Schöne verhielt sich meinem Bruder gegenüber vorsichtig. Sie nahm ihn mit zum Zahnarzt, hieß ihn beim Kartenspiel neben sich sitzen. Darcy war großzügig aufgelegt; er ließ meinen Bruder mitspielen. Noch nie hatte ein Neunjähriger an Darcys Tisch ein Blatt in der Hand gehalten. Harve bluffte die Polizeicaptains, die Senatoren der Bronx und Mr. Lions und stand mit fünfzig Dollar wieder auf, doch er wurde mit dem Zahnarzt nicht warm und würdigte auch nicht das Geschenk, das Darcy ihm gemacht hatte: einen Platz am Pokertisch.

»Was soll das?« fragte mein Bruder und zeigte auf den leeren Stuhl. »Ist der für Roosevelt reserviert?«

»Nein«, sagte Mr. Lions, »aber ganz falsch liegst du nicht.

Dort sitzt der Chief, wenn er in der Stadt ist, der alte Flynn.«

»Komisch«, sagte Harve mit einem Katzenlächeln. »Ich hab gedacht, das ist Gouverneur Deweys Stuhl.«

»Gott bewahre.«

Die Spieler starrten Darcy an, der sich den silbernen Schnauzbart strich.

»Boß, soll ich ihm die Ohren langziehen?« sagte einer der Ganovencops. »Faigeles Sohn kann uns nicht beleidigen ... nicht, nachdem wir ihn haben gewinnen lassen.«

»Der Junge hat Mumm in den Knochen«, sagte Darcy. »Und du halt den Mund. Faigele spielt fair.«

»Harve hat das nicht so gemeint«, sagte ich. »Wir haben in dem russischen Restaurant etwas läuten hören. Roosevelt hat Dewey aus der Bronx ausgesperrt, und Dewey will sich jetzt rächen. Aber an das Kartenspiel hier kommt er doch nicht ran, oder, Mr. Lions?«

»Nur, wenn er selber seine Haare loswerden will. Solange ich Präsident der Bronx bin, geht Tom Dewey nicht durch diese Tür.«

»Er geht dahin, wo er hingehen muß«, sagte Darcy. Dann wandte er sich meinem Bruder zu und verscheuchte Mr. Lions aus seinem Kopf.

»Faigele sagt, du bist der Leser der Familie. Widmest dich Mr. Jack London. Als ich ein Junge war, habe ich *Ruf der Wildnis* verschlungen. Und Mr. Stevensons Bücher. Aber von Dr. Jekyll oder Mr. Hyde halte ich nicht viel.«

Harve schob sich die fünfzig Dollar ins Hemd. »Und wovon halten Sie etwas?«

»Von Literatur, nicht von Geschichten über einen schlimmen Burschen wie Mr. Hyde. Bei Tschechow findest du solche Albernheiten nicht.«

»Was hat er geschrieben?« mußte ich fragen.

»Meisterwerke«, sagte Darcy, und er rasselte Titel herunter, als wären sie lauter Geschmacksrichtungen von Brauselimonade. »*Die Möwe, Die sieben Schwestern, Die dunkle Schöne mit dem Hündchen.*«

»Onkel Darcy«, sagte ich und sprang auf und nieder, »erzähl mir von der dunklen Schönen mit dem Hündchen.«

»Der ist nicht dein Onkel«, sagte Harve, »und von Tschechow habe ich noch nie gehört. In der Bücherei in Tucson gibt es keine Tschechows, sonst wäre mir sein Name aufgefallen.«

»Tja«, sagte Darcy. »Dann ist Tucson in einem sehr schlimmen Zustand … Faigele, kläre diese Wüstenratte doch mal auf, berichte ihm von Tschechows literarischem Renommee.«

»Darcy«, sagte Mam, »dein Tschechow ist mir entfallen.«

»Aber er stammt doch aus Weißrußland, wenn ich mich recht erinnere, nur ein paar Minuten von deiner Haustür entfernt. Bestimmt hast du ihn in der Schule gehabt.«

»Schule?« sagte Mam, »Welche Schule? Ich bin vor dem Zaren *und* der Revolution davongerannt. Ich hatte keine Zeit für dunkle Schöne und ihre Hündchen und auch nicht für andere Meisterwerke.«

»Sie heißt Anna. Sie kommt als geschiedene Frau nach Nizza. Sie kann es sich nicht leisten, in einem der großen Paläste am Strand zu wohnen. Sie muß in einer winzigen Pension in der Nähe des Boulevard du Tzarewitch absteigen.«

»Was ist ein Zarewitsch?«

»Unterbrich mich nicht«, sagte Darcy. »Ein Zarewitsch ist der Sohn eines Zaren, sein Haupterbe, doch diese Anna hatte keine Erben, nur ein Hündchen, das Hündchen hieß. So verzweifelt war sie. Sie konnte sich für das Hündchen keinen individuellen Namen ausdenken. Sie verliebte sich in einen Gigolo, der etwas näher zum Strand wohnte. Der saugte ihr das ganze bißchen Geld aus, das sie hatte, verließ sie, und da beschließt Anna, sich und ihr Hündchen in der Bucht zu ertränken. Was die arme Anna betrifft, so gelingt es ihr, doch das Hündchen hat eine viel kräftigere Konstitution als sein Frauchen, schwimmt zurück an den Strand und wird sogleich von dem Gigolo mitgenommen, der dieses Hündchen mit Namen Hündchen dazu einsetzt, andere Frauen zu verführen.«

»Ein Meisterwerk«, sagte Mr. Lions und heulte in sein Taschentuch. »Diesen Gigolo hätte man erschießen sollen … mitsamt dem Hündchen.«

»Aber das ist ja das Besondere daran«, sagte Darcy, »Tschechow verurteilt seine Figuren nicht … deshalb lassen sie uns auch nicht los. Meinen Sie nicht auch, Mr. Harvey Charyn?«

Harve legte die fünfzig Dollar wieder auf den Tisch und verließ die Höhle des Zahnarztes. In seiner Anwesenheit erwähnte Mam Darcy nie mehr. Und Harve gesellte sich zu den anderen Sea Scouts im Kingsbridge-Arsenal, um sich auf die Parade vorzubereiten. Unterdessen war Mrs. Daniel Kaplan, deren Sohn George auf einem Schlachtschiff gefallen war, das rote Banner mit dem goldenen Stern abhanden gekommen, das sie zu Ehren des Toten aus dem Fenster gehängt hatte. Jemand hatte das Banner einfach vom Fenster weggezupft. Darcy bot dem, der den goldenen Stern wiederbeschaffen konnte, tausend Dollar. Seine Polizeicaptains fanden keine Spur davon. Aber ich erinnerte mich an jene Luftschutzwarte mit den riesigen

Säcken auf der Schulter, damals, als Dad mit mir in die Kirche gegangen war, seinem Hauptquartier in der Sheridan Avenue. Ich konnte Dad nicht fragen, ob seine Wartkameraden Diebe waren; ich sagte es Harve, der daraufhin in die Kirche einbrach, Mrs. Kaplans Banner hinter einer Mülltonne entdeckte und es Mam gab. Mam rief Darcy an, und der ging mit einem Polizeicaptain zu der Kirche, besah sich all die gestohlenen Waren und trommelte die beiden Warte sowie die Leiterin mit den Knubbelfingern zusammen, die Zigarren wie ein Mann rauchte. Niemand verhaftete sie. Das hätte ein schlechtes Licht auf die Bronx geworfen. Der Zahnarzt hielt einfach sein eigenes Gericht in der Kirche ab, schlug und trat die dicke Leiterin und ihre beiden Komplizen, die Mrs. Kaplans goldenen Stern irgendeinem erbärmlichen Militaria-Sammler hatten verkaufen wollen. Er verrammelte die Kirche, schloß sie für immer, gab Mrs. Kaplan den goldenen Stern zurück und schrieb Harve Charyn einen Scheck über tausend Dollar aus. Doch mein Bruder warf ihn dem Zahnarzt vor die Füße.

»Geben Sie ihn dem Roten Kreuz«, sagte er.

Mr. Lions war auch da; er wurde wütend. »Welcher Junge will denn kein Taschengeld?«

»So einer«, sagte Harve, und Darcy zerriß den Scheck. Am meisten aber litt Dad. Er verlor seine Sergeant-Stellung. Darcy ließ *keinen* Wart mehr in seinem Revier patrouillieren. Dad konnte nicht mehr mit festgezurrtem Helm seine üblichen Runden drehen. Luftschutzwarte waren zu Parias geworden, zu Hehlern heiliger Gegenstände. Darcy konnte es nicht wagen, Dad dieses Verbrechens zu beschuldigen, dennoch war Dad belastet. Die dunkle Schöne rüttelte an ihm. »Du mußt doch gewußt haben, was diese

Miriam gemacht hat. Du hast doch Augen im Kopf. Hast du Mrs. Kaplans goldenen Stern denn nicht gesehen?«

»In der Kirche war es dunkel«, sagte Dad.

»Du hattest eine Taschenlampe, Sergeant Sam.«

»Ich mußte die Batterien für die Straße schonen.«

»Schwindler«, sagte Mam, »wieviel hat dir diese fette Hure gezahlt, damit du den Mund hältst?«

»Ich habe ihre Ware nicht genommen. Ich habe nicht gestohlen. Ich hatte mit dem Schwarzmarkt nichts zu tun.«

»Mein Süßer«, sagte Mam, »du hast nach jedem Flugzeug am Himmel Ausschau gehalten ... und dabei warst du mittendrin in der Verkommenheit.«

Sie schlugen einander, und mein Bruder mußte dazwischengehen. »Mam, laß ihn in Ruhe. Er ist der beste Luftschutzwart der Bronx.«

»Der beste pensionierte Wart, mein Lieber. Wie kann ich mich jetzt noch bei Mrs. Kaplan und den anderen Müttern mit toten Söhnen sehen lassen?«

»Mam, Dad hat nichts gemacht.«

»Das bringt die Sache auf den Punkt. Dad hat nichts gemacht, wo er diese miesen Einbrecher doch hätte anzeigen können.«

»Er ist kein Cop. Und er hat auch keinen Zahnarzt hinter sich.«

»Darcy ist ein großer Mann«, sagte Mam. »Ein Patriot. Er hilft den Armen, zieht ihnen kranke Zähne.«

»Und das Geld aus der Tasche, Mam.«

»Nur zu. Verleumde ihn. Als dein Vater nicht arbeiten konnte, wer hat da das Essen auf den Tisch gebracht, wer hat mir da eine Stelle verschafft?«

»Spieler wissen immer, wie sie sich ein hübsches Gesicht angeln können.«

»Red nicht so mit deiner Mutter«, sagte Dad.

»Dad, Dad, sie ist die Badenixe dieses Zahnarztes.«

Dad schlug seinen eigenen Helden. Harve wehrte sich nicht. Er nahm den Schlag hin. Und fing dann an zu husten. Mam mußte einen großen Topf Wasser kochen, das Wasser in ein Becken schütten und meinen Bruder mit einem Handtuch über dem Kopf davorstellen, damit er den Dampf aus dem Becken einsog. Dad drückte sich, mit Tränen in den Augen, neben ihm herum. »Harvey, ich wollte dich nicht schlagen ...«

»Sam«, schrie meine Mutter, »laß das. Er erstickt, wenn er sich aufregt.«

Harve mußte im Bett bleiben. In seinem Schlafanzug sah er aus wie ein Sträfling. Er war umgeben von Dampfbecken und Senfpflastern, Arzneifläschchen und Spraydosen. Mam sagte, seine Lungen würden zu Papier werden, wenn er nicht mit Senf auf der Brust schlafe. Meyer Lanskys Arzt kam ins Haus und untersuchte Harve. Er sagte zu Mam, sie solle ihre Senfpflaster wegschmeißen. »Faigele, die feuchte Luft ist es. Die bringt ihn um. Schikken Sie ihn nach Arizona zurück.«

»Doktor, er ist ein Junge und keine Briefmarke. Ich kann ihn doch nicht mit der Post schicken.«

Mein Bruder fing an zu keuchen; es war das Asthmatikerpfeifen, und deshalb nannten Harves Feinde in der Bronx ihn den Pfeifer. Seine Lippen wurden blau. Dr. Katz kramte in seiner Arzttasche, zog eine dunkle Zigarette heraus, die dreißig Zentimeter lang war. Er zündete die lange Zigarette an und ließ meinen Bruder den Rauch einatmen.

Ich wäre fast gestorben. So grauenhaft hatte das gestunken – wie die Ausdünstung von einem Dutzend verwesender Ratten. Doch das Keuchen hörte auf, und Harves Lippen nahmen wieder ihre natürliche Farbe an. Der Arzt ließ meiner Mutter zwei »Schwefelzigaretten« da. Er lieh sich Mams Staubsauger und machte sich daran, Decke und Wände, Matratze und Kissenbezüge mit einem lyrischen Schwung in Armen und Beinen abzusaugen.

»Doktor«, sagte Mam, »das hätte ich nie gedacht, daß Sie nebenher auch noch den Hausputz machen.«

»Nicht der Rede wert. Das mache ich für Meyer Lansky ständig. Er hat eine Stauballergie.«

»Ist es denn auch auf dem Grand Concourse staubig, wenn mein Sohn in der großen Parade mitmarschiert?«

»Schätzchen«, sagte der Arzt, »Sie werden mit Besen und Gasmaske hinter ihm hergehen müssen.«

»Aber dann denkt jeder, er ist ein Muttersöhnchen.«

»Mam«, sagte ich, »du könntest dir die Haare abschneiden und dich als Sea Scout verkleiden.«

Der Arzt zwinkerte meiner Mutter zu. »Baby, das würde nicht funktionieren.« Dann zupfte er mir meine Baseballmütze vom Kopf und warf einen Blick auf meine Haut.

»Wann kann ich in die Schule?«

»Bald«, sagte er und rannte aus dem Haus. Er wollte kein Geld von uns haben. Wir waren Leute von Darcy. Wir gehörten zu dem Zahnarzt.

Harve fand es schlimm, Invalide zu sein. Mam ließ ihn ohne mich nicht zum Arsenal. Ich war sein Kindermädchen. Ich hatte die Schwefelzigaretten und einen Haufen Streichhölzer in einem von Faigeles Schuhkartons dabei. Ich saß mit anderen Gästen auf der Tribüne, während Harve unten in der großen Halle marschierte. Er trug weiße Gamaschen und einen geflochtenen Gürtel, war ein Möchtegernmatrose in einem kleinen Meer von Matrosen; kann sein, daß seine Schuhe nicht ordentlich gebürstet waren und keiner seiner Fingernägel einen perfekten Halbmond zeigte, aber hätte nicht auch Launcelot Perry so ausgesehen, wenn der Rattenmann ein Scout gewesen wäre?

Harve war kleiner als die anderen Scouts, die elf und zwölf waren und einmal eine Nacht auf einem Kutter der Küstenwache namens *The Courage* geschlafen hatten. Sie marschierten mit einer gewissen Selbstgefälligkeit, doch das war vor allem Bluff; ihre Augen waren nicht so nach innen gerichtet wie bei dem Rattenmann und meinem Bruder, sie verrieten nicht jenen Ausdruck der Isolation, den nur der haben konnte, der in einem Güterwaggon oder hinter einer Mülltonne gelebt hatte ...

Boß Flynn war der Großmarschall der Parade. Er fuhr mit Darcy und Mr. Lions in einem Cadillac vor den Scouts her. Entweder war er der dickste, rundeste Mann, den ich je gesehen hatte, oder er war eine optische Täuschung, weil die Sonne meine Augen versengte. Er hatte sechs Kinne und eine Rose im Revers, die aussah wie eine Handvoll Blut. Er hielt sich an einem Mikrophon fest, durch das er unablässig den Namen des Präsidenten beschwor. »Franklin Roosevelt ... wie dieser Mann Paraden liebt. ›Ed‹, sagte er mal zu mir, ›ich bin stolz auf deine marschierenden Jungs, deine Jungs aus der Bronx.‹«

Mam und Dad waren auch bei der Parade, und Dad weinte, als er Harve inmitten einer aufgeblasenen Reihe marschieren sah, ohne jeden Schutz gegen den ganzen Staub in den Bäumen, die Lippen potentiell blau, die Lungen kurz vor dem Reißen. Baby hingegen weinte nicht. Ich verfluchte die Parade. Mrs. Roosevelt mußte Boß

Flynn ziemlich unter Druck gesetzt haben, denn in letzter Minute hatte er auch Newt und Val bei den Scouts mitlaufen lassen, und mein Bruder mußte nun mit den Rathcart-Zwillingen marschieren, die in ihren Gamaschen stolperten und die wunderbare weiße Linie der Scouts aufbrachen.

Nach der Parade ging Harve wieder ins Bett. Wir mußten den unerträglichen Gestank einer Schwefelzigarette ertragen, doch nachdem Harve den Rauch eingeatmet hatte, erholte er sich ein wenig. Und Darcy rettete ihn, besorgte meinem Bruder eine Liege in einem Militärzug, der durch Arizona fuhr. Wir begleiteten Harve zum Bahnhof. Ich sah, wie Faigeles Augen zu flattern begannen. Sie war im Begriff, ohnmächtig zu werden. Sie haßte Harve und konnte es doch nicht ertragen, daß er abreiste. Es war dann Darcy, der meine Mutter auffing, nicht Dad. Er war in einem cremefarbenen Mantel zur Pennsylvania Station gekommen, mit einer in Maroquin gebundenen Ausgabe von *Jekyll und Hyde*, und in die Lederhaut waren Harves Initialen eingebrannt.

Ich glaube, ich verstand den Zahnarzt; er mochte mich sehr gern, Harve aber, den Pfeifer, der tausend Dollar Belohnung ausgeschlagen hatte, bewunderte er.

Wir winkten Harve nach. Er hatte gar nichts von seiner Schule in Arizona erzählt, nichts von seiner Einsamkeit fernab der Bronx; seine neuen Eltern, das war jetzt Amerika.

Faigele fiel in ein schwarzes Loch; sie war zu schwach, um sich die Haare zu waschen. Ich mußte für sie kochen, Dad gut zureden, seinen Schnaps zu trinken. Baby war zum kleinen Mann im Haus geworden. Ich vermißte Harve. Er war mein Held. Doch ich konnte mich mit dem

Rattenmann trösten, jede Woche seine Abenteuer verfolgen. Und ganz allmählich kam Mam wieder aus ihrem Trübsinn herausgekrochen.

»Dort geht's ihm besser, oder, Baby?«

»Harve hat dort Sonne.«

»Bald kommst du in die Schule, dann lernen wir schreiben und kommen Harve damit näher.«

»Mam«, sagte ich, »selbst wenn ich aufs College gehen würde, Harves Schrift könnte ich trotzdem nie lesen. Das kann niemand.«

»Lüg nicht«, sagte sie. »Wir lernen das.«

Mam stand vorm Spiegel, kämmte sich die Haare, bemalte sich den Mund mit dem leuchtend roten Auge ihres Lippenstifts und ging hinaus, um für den Zahnarzt Karten auszugeben.

Madame Curie

Ihr Ehename war Madame Curie. Doch auf die Welt gekommen war sie als Maria Sklodowska, 1867 in War-
schau. Ihr Vater war ein bescheidener Mathematiklehrer,
der sein Geld durch Börsenspekulationen verlor, und
Maria galt als ein kleines Wunderkind, das sich schon
Landkarten und Länder und Sprachen einprägen konnte,
bevor es fünf war. Sie ging ins russische Lyzeum, wo sie
mit ihrem Wissen von Spinoza und den Gesetzen der
Physik ihre Lehrer ermüdete. Doch wegen des Mißge-
schicks ihres Vaters konnte sie nicht an die Universität.
Maria, die beste Schülerin ihrer Klasse, wurde mit sieb-
zehn Gouvernante. Ihr Geist legte sich schlafen. Sie lebte
wie ein Kutschpferd, um ihre Familie zu ernähren.
Schließlich floh sie nach Paris und nahm ihre Studien an
der Sorbonne wieder auf. Sie verliebte sich in einen französischen Wissenschaftler, Pierre Curie, heiratete ihn,
arbeitete in seinem Labor. Zusammen entdeckten sie das
Radium, teilten sich 1903 den Nobelpreis. Doch 1906
wurde Pierre auf der Rue Dauphine von einem Fuhrwerk
überfahren und war auf der Stelle tot. Madame Curie
setzte ihre Experimente mit der Radioaktivität fort und
erhielt 1911 ihren zweiten Nobelpreis. Sie war der gefei-
ertste Mensch des Planeten, berühmter noch als Film-

stars und Könige, und sie opferte sich für die Wissenschaft. Das radioaktive Material in ihrem Labor vergiftete Madame Curie allmählich; ihr Blut wurde zu Wasser, und 1934 starb sie an Leukämie.

Bei MGM beschloß man, aus ihrem Leben Kapital zu schlagen, und produzierte *Madame Curie*, den größten Kassenschlager des Jahres 1943, mit Greer Garson in der Hauptrolle, einem Rotschopf, der eigentlich nicht wie Faigele aussah. Im Film hingegen spielte sie eine dunkle Frau. Die ganze Bronx verliebte sich in die Madame Curie von MGM. Greer Garson war in jedem Schaufenster; nie posierte sie als Badenixe. Sie verkörperte die hysterische Vorstellung der Bronx von der idealen Frau, eine hinreißende Witwe, die in einem Laboratorium dahinsiecht. Und weil man davon ausging, Polen liege gleich neben Weißrußland, und Greer Garson all die Männer um sie herum weit überstrahlte, fingen Darcy und seine Politikersippe an, meine Mutter »Madame Curie« zu nennen. »Faigele«, sagte Mr. Lions, »Sie hätten einen Physiker heiraten sollen.«

»Aber wie hätte ich denn mit einem flirten können, Mr. Lions? In der Bronx gibt es keine russischen Lyzeen.«

Doch ich sah sehr wohl, daß MGM Mama bewegt hatte; sie muß überlegt haben, wie es wohl gewesen wäre, in einer Welt der Wissenschaftler zu leben, wo sie vielleicht ein radioaktives Teilchen entdeckt hätte, das mit Ringworm fertig wurde. Faigele hatte weitreichende Pläne. Sie wollte warten, bis ich die Grundschule hinter mir hätte, und dann würden wir zusammen auf die Highschool gehen, Madame Curie & Sohn an der William Howard Taft. Aber ich schaffte es noch nicht einmal in die erste Klasse. Die Wunden auf meinem Kopf heilten, und eines Morgens Anfang Dezember betrat ich mit meinen Buntstiften und dem Federmäppchen die P. S. 88. Ich hatte noch ein paar kahle Stellen, und alle, die Lehrerin eingeschlossen, waren mißtrauisch. Ich trug meine Brownie-Kappe und saß an einem speziellen Pult, weit entfernt von meinen Klassenkameraden. Ich hörte rein gar nichts. Als wäre ich ein Junge mit einem Kriegstrauma, ein Invalide, der nur ein paar Sprachfetzen aufschnappen konnte.

Die Schule schickte mich im Winter in eine Ohrenklinik. Ich fuhr mit Madame Curie und Mr. Lions hin. Ich hatte eine Stunde lang Kopfhörer auf, hörte sehr seltsame Glocken: Die Stille zwischen den Glocken war wie eine Zivilisation für sich, in der Musik geächtet war und nichts je anfing oder endete. Während der Stille zwischen den Glocken dachte ich an den Kantor Gilbert Rogovin, und ich erkannte, daß man ohne eine Melodie nicht leben kann. Unser unglücklicher Kantor hatte mit seinen Liedern eine ganze Synagoge genährt. Ich vermißte die Gesänge, die er angestimmt hatte, ebenso sein weißes Käppi. Doch ich überstand es, und die Klinik teilte meiner Mutter mit, ich sei nicht taub.

Ich hätte froh sein sollen, aber ich konnte mit Mam und Mr. Lions nicht jubilieren. »Madame Curie«, flüsterte der Präsident der Bronx. »Madame Curie.« Unablässig schnurrte er Mam ins Ohr. Er brachte uns zum Zahnarzt, doch Darcys Gebäude war mit Cops überschwemmt. Sie beschlagnahmten seine Akten, die in hundert Schuhkartons gelagert waren, und stopften sie in einen Polizeiwagen. Es war nicht die Polizei der Bronx. Tom Dewey hatte Darcy einen Sonderankläger auf den Hals gehetzt, und der hatte seine eigene Polizei aus Manhattan mitgebracht. »Stellen Sie sofort die Schuhkartons zurück«, schrie Mr.

Lions. Er ließ mehrere Bronxer Polizeicaptains kommen, doch die konnten nichts tun. Darcy war schon verhaftet worden. Er schmachtete im Untersuchungsgefängnis von Manhattan, wie der Mann mit der Eisenmaske. Fünfzig Demokraten erschienen zur Anklageerhebung, Bürger der Bronx. Sie brachten die Kaution für Darcy auf und trugen ihn auf den Schultern aus dem Gerichtsgebäude, wobei sie schrien: »Tom Dewey kann unseren Fürsten nicht besudeln.«

Mr. Lions wollte der Bronx einen arbeitsfreien Tag verordnen, doch der Zahnarzt lehnte ab. »Lieber keine Aufmerksamkeit erregen.« Sein silberner Schnauzbart wirkte nicht mehr so silbern. Anscheinend hatte er in Manhattan gefroren. Immerzu wärmte er sich die Hände in den Hosentaschen. Dewey nannte ihn einen Schwindler und Schwarzhändler. Mr. Lions gab für ihn eine Party im Concourse Plaza, um Geld für Darcys Verteidigungsfonds zu sammeln. Die Bronxer Polizeicaptains waren erschienen und alle Politiker, nur nicht Boß Flynn. Mr. Lions hatte nicht einmal ein Telegramm von Roosevelt vorzulesen. Das Weiße Haus verhielt sich in dem Krieg zwischen Tom Dewey und der Bronx plötzlich neutral.

Mr. Lions hatte einen Impresario zum Singen eingeladen. Gilbert Rogovin traf, von der Oper in Cincinnati kommend, ein. Er war viel dicker, als ich ihn in Erinnerung hatte. Rogovin weigerte sich, seine Synagogenlieder vorzutragen. Statt dessen gab er Don Giovanni. Er kriegte die Augen nicht von Faigele. Sie trug ein rotes Kleid, das wie ein Siegesbanner war. Der Kantor zitterte, als er den Barbier von Sevilla spielte. Er drückte mir zehn Dollar in die Hand. »Sag Faigele, ich habe ein Zimmer im dritten Stock. Ich sterbe, wenn sie mich nicht besucht.«

Ich nahm das Geld, richtete seine Nachricht aber nicht aus. Er trank eine halbe Flasche Whiskey und sackte auf seinem Stuhl zusammen; unter der Maske seiner dicken Schminke sah er aus wie ein müder Clown.

Darcy wartete auf einen Anruf von seinem Chef, ein paar Worte, die ihn und seinen Kampf retteten. Doch Boß Flynn rief nicht an. Und Darcy beging eine Dummheit. Er verletzte die Kautionsauflagen. Ohne die Erlaubnis des Sonderanklägers durfte er die Bronx nicht verlassen. Das war ein Komplott, um Darcy zu beschämen, ihn einzuschnüren. Doch er büxte nach Jersey City aus, um eine Hure aufzusuchen und eine Rechnung einzutreiben, und dort spürten Deweys Detektive ihn auf und brachten ihn in die Tombs. Das war ein wenig illegal, aber offenbar hatten sie Vollmachten, die ihnen erlaubten, den Hudson zu überqueren und Darcy zu kidnappen, ihn aus seinem Lieblingsbordell herauszuholen. Er hätte noch das Anrecht auf eine weitere Kautionsverhandlung gehabt, doch er beschloß, im Gefängnis zu verrotten. Der Fürst des Grand Concourse zog es vor, im Exil zu leben, solange Boß Flynn Tom Dewey nicht bestrafen und dessen Kommandorazzien in der Bronx nicht unterbinden konnte.

Wir besuchten Darcy in den Tombs. Es war das Zuchthaus von Manhattan, vorgesehen für die schwersten Fälle. Der Zahnarzt mußte den ganzen Tag unter Verbrechern leben. Die Tombs waren wie ein riesiger, verlassener Schlepper, der allmählich im Boden versank. Soweit ich es beurteilen konnte, gab es keine Fenster, und auch wenn es welche gegeben hätte, hätte Darcy trotzdem das wunderbare Winterlicht entbehren müssen, das bei Sonnenuntergang von den Dächern des Concourse floß. Er hatte seine eigene Zelle, darin einen Sessel, ein Radio und einen kleinen elektrischen Kaffeetopf, der, behauptete Darcy, für »politische Häftlinge« Standard war. Mam hatte ihm einen russischen Kaffeekuchen gebacken, und der Zahnarzt schloß die Augen, als er die dunkle Schokolade kostete.

»Ein Traum«, sagte er, und da weinte ich beinahe, weil Darcy der bestgekleidete Mann der Bronx gewesen war und nun die zerlumpte graue Uniform eines Knastbruders trug. Er wollte seinen Schneider, Feuerman & Marx, nicht bitten, nach Manhattan zu reisen, um ihn mit maßgeschneiderten Gefängnissachen auszustatten. Auch den Schnauzbart wollte er sich nicht stutzen, solange er in den Tombs saß; über sein ganzes Gesicht zogen sich silberne Haare. Doch der russische Kuchen belebte ihn.

Er sah Faigele in die Augen. »Führt Lions dich weiterhin auf der Gehaltsliste? Du bekommst deinen üblichen Anteil, egal, ob gespielt wird oder nicht.«

Doch es gab keine Gehaltsliste mehr; Darcys Besitz, der sichtbare wie der unsichtbare, war zusammen mit den hundert Schuhkartons und seinem Zahnarztstuhl verschwunden.

»Ich liebe euch beide«, sagte er, nahm meine Hand und lächelte Faigele an, Schokoladenkrümel zwischen den Zähnen.

»Baby«, sagte er, »ich will, daß du später Jura studierst ... wir brauchen einen Anwalt wie dich. Der Präsident hat uns im Stich gelassen. Fünfzehn Jahre lang habe ich dafür gesorgt, daß für diesen Mann im Weißen Haus Köpfe rollten. Wir haben die Stimmen für ihn gestohlen, als er für das Gouverneursamt kandidierte. Ohne Syracuse hätte Mr. Frank nicht gewonnen, und wir haben ihm Syracuse geliefert, in einem Faß voll Blut … Baby, wirst du Jura studieren?«

»Ich verspreche es.«

»Ah, dann bin ich beruhigt«, sagte Darcy. »Jetzt, wo ich weiß, daß wir eine Zukunft haben, kann ich schlafen.«

Doch der Zahnarzt hatte keine Zukunft. Er starb an einem Herzinfarkt in seiner Zelle. Er war einundvierzig Jahre alt, wie Tom Dewey. Mr. Lions mußte einen Begräbnisfonds für ihn einrichten. Darcy wollte in der Nähe von Herman Melville in Woodlawn liegen, dem Friedhof der Bronx. Mr. Lions war in Panik. Niemand hatte je von Melville gehört.

»Mr. Lions«, sagte ich, »er ist bestimmt mit Tschechow verwandt. Darcy hat Tschechow geliebt.«

»Wer ist Tschechow?«

»Ein Schriftsteller.«

»Warum hast du das nicht gleich gesagt.«

Und er schaute unter Herman Melville im Almanach der Bronx nach. Melville habe Seegeschichten geschrieben, sei Seemann gewesen und habe bei Kannibalen in Tahiti gelebt, hieß es da. »Sein Klassiker *Moby Dick oder Der Wal* blieb zu seinen Lebzeiten weitgehend ungelesen.« Mit sechsunddreißig habe er ganz mit dem Schreiben aufgehört und sei vergessen worden, ein Mann mit einem sehr langen Bart. »Herman wurde von den Ausdünstungen Manhattans erlöst und in Woodlawn inmitten von Blumen zur Ruhe gebettet.«

Mr. Lions begrub Darcy so nahe an Melville, wie er konnte. Der Friedhof war sehr voll. Er lag auf einem Hügel, und Darcy hätte Melvilles Grab von seiner Stelle aus nicht sehen können. Ein ganzes Bataillon Politiker erschien zu seinem Begräbnis. Boß Flynn war mit seinen Leuten gekommen. Er schneuzte sich unablässig in das größte Taschentuch, das mir je untergekommen war. »Eine Tragödie«, sagte er. »Einer unserer besseren Söhne.«

Mama trug auf dem Hügel einen Schleier, wie Darcys andere »Witwen« auch. Sie weinte nicht, doch ich sah, wie traurig sie war. Sie hatte, indem sie bei Darcy Staples ein und aus ging, die englische Sprache entdeckt, war aus ihrer Einwanderermuschel herausgekrochen, um Karten auszuteilen und den Präsidenten der Bronx und andere hohe Tiere kennenzulernen.

Priester und Rabbis liefen keine herum. Darcy war Protestant gewesen, und vielleicht hatte Boß Flynn ihn deshalb so schnell geopfert. Protestanten waren in der Bronx so etwas wie Ausgestoßene. FDR war auch Protestant, aber ihm nahm das keiner übel, weil er aus Hyde Park stammte, wo alle Protestanten lebten. Doch zum Präsidenten der Bronx wie Mr. Lions hätte er nicht gewählt werden können ...

Einer der Trauernden, er trug einen braunen Hut, kam mir bekannt vor. Sein Schnauzbart war während des letzten halben Jahrs dunkler geworden, doch er hatte keine Flecken auf den Schuhen. Es war Onkel Chick, der Anstreicher, der, nachdem er dem Bitter Eagles den Rücken gekehrt hatte, beruflich vorangekommen war. Er hatte mit einem von Meyer Lanskys Leutnants eine Firma aufgemacht und war nun Bauunternehmer, leitete die Malerarbeiten an Wohnhäusern, Krankenhäusern und Gemeindeschulen.

»Faigele«, sagte er, »ist mir vergeben?«

Faigele erinnerte unter ihrem Schleier an eine Sphinx. »Mr. Eisenstadt«, sagte sie, »mit Farbe auf den Schuhen haben Sie mir besser gefallen.«

»Komisch. Ich hatte genau den entgegengesetzten Eindruck.«

»Warum bist du hier? Um mir und meinem Sohn auf einem Friedhof nachzustellen?«

»Nein. Um einem Toten die letzte Ehre zu erweisen.«

»Darcy hat dich gehaßt. Seine Cowboys haben dich ins Krankenhaus gebracht ... du bist noch immer nicht ganz gesund.«

»Er war ein Krieger. Unter diesen Umständen hätte ich das gleiche mit ihm gemacht.«

»Was für Umstände?«

»Er hat dich geliebt.«

»Das ist ja was ganz Neues«, sagte Faigele. »Der hat doch in einem Bordell gewohnt.«

»Er hat dich geliebt. Du bist die einzige Frau, die er je geheiratet hätte.«

»Wer hat dir das erzählt?«

»Der Zahnarzt. Er hat es mir gegenüber zugegeben. Deshalb mußte auch mein Kopf rollen.«

»Männer haben eine herrliche Logik.« Mam hob mit einem Finger ihren Schleier. Die dunkle Schöne errötete auf dem Friedhof der Blumen, wo Darcy auf demselben Hügel wie Herman Melville ruhte, der Autor von *Der Wal*.

»Was macht die Gemahlin?«

»Wir haben uns entfremdet«, sagte Chickie.

Ich gluckste Faigele ins Ohr: Wenn sie mit mir an die William Howard Taft ginge, müßte sie mit Marsha Eisenstadt auskommen, die in sieben oder acht Jahren stellvertretende Schulleiterin werden könnte.

»Anstreicher«, sagte Mam, »vernachlässige mir deine Kinder nicht«, und rauschte davon.

Eine Woche nach dem Begräbnis begann Mr. Lions, Mam

den Hof zu machen. Mit einer ganzen Rosenplantage auf dem Arm, die seinen halben Kopf verdeckte, klopfte er an unsere Tür. Er wollte Mam im Concourse Plaza ein eigenes Kartenspiel anvertrauen. »Flynns Segen haben wir. Der Boß ist von Ihnen hingerissen. Er sagte: ›Faigele müßte in unsere Kutsche steigen. Und sie kann auch den kleinen Jungen mit Ringworm mitbringen.‹«

»Baby hat kein Ringworm mehr. Ist Ihnen das nicht aufgefallen, Mr. Lions? Und warum kriechen Sie dem Mann in den Hintern, der Darcy zum Tod verurteilt hat?«

»Gott bewahre«, sagte Mr. Lions. »Der Zahnarzt ist an Herzversagen gestorben.«

»Gebrochenes Herz ist das bessere Wort. Er war ein politischer Gefangener.«

»Faigele, wir haben Wahljahr. FDR konnte sich einen Wirbel in der Bronx nicht leisten. Er mußte Dewey einen kleinen Knochen hinwerfen. Flynn waren die Hände gebunden.«

»Einen kleinen Knochen? Dann können Sie mit Mr. Flynn und all den anderen Bossen, denen die Hände gebunden sind, selber Karten spielen.«

»Faigele, so ist nun einmal die Politik. Darcy war mein Freund.«

Mam gab die Rosenplantage zurück und sagte dem Präsidenten der Bronx Lebewohl. Sie nahm Roosevelts Bild von der Wand. Sergeant Sam verschluckte sich fast an seinem Schnaps.

»Faigele, er ist doch der Präsident der Vereinigten Staaten.«

»Nicht in meinem Haus.«

Mam hatte sich ihre ganze Zukunft verbaut. Plötzlich besaß sie nicht mehr Geld wie Heu. Ich konnte nicht mehr in einen Spielzeugladen gehen, die Augen zumachen und mir eine Bagatelle wie eine Piratenpistole oder eine kleine Bambifigur auswählen. Es hatte mir besser gefallen, als Mam noch auf dem Schwarzmarkt tätig war.

Jedesmal wenn Chick Mam ins Bitter Eagles zum Lunch einlud, schlich ich mich aus der Schule. Das Restaurant hatte ihn wieder hineinlassen müssen. Die russischen Gangster, die an der Bar kauerten, konnten es sich nicht leisten, Meyer Lansky ins Gesicht zu schlagen. Chick stand mit Lanskys Leutnant in Verbindung. Keiner der Gangster hatte Meyer, der in der Central Park West wohnte, je gesehen, doch sie wollten dem Kleinen Mann nicht ins Gehege kommen. Er war der Kindheitsfreund von Bugsy Siegel, dem Psychopathen und Gründer von Las Vegas, war Schüler Arnold Rothsteins, des ersten Zaren des organisierten Verbrechens, war Partner von Lucky Luciano, Rothsteins kleinem Zarewitsch. Doch Meyer hatte es geschafft, sein Foto aus den amerikanischen Zeitungen herauszuhalten; außer in der jüdischen Presse stand nirgendwo etwas über den Kleinen Mann, und die erzählte von seinen Spenden an Synagogen und Sommerlager. Doch in der Bronx *und* im Bitter Eagles wußte man offenbar mehr über Meyer als der Bezirksstaatsanwalt von Manhattan und die *New York Times*. Als philanthropischer Spieler, Jukebox-König und loyaler Demokrat mied er Publicity. Die russischen Gangster wollten wissen, ob Chick den Kleinen Mann kennengelernt habe.

»Wie ist er so? Chickie, hat er kalte Augen?«

»Gentlemen, er ist so liebenswert wie der Weihnachtsmann. Ich war ja auch nur fünf Minuten mit ihm zusammen. Er fragte, wie die Bronx es ohne Joe DiMaggio aushalten könne.«

97

»Hat Meyer den Kopf im Sand verloren? DiMaggio kämpft doch für Amerika. Er hat keine Zeit für Baseball ...«

»Sag du das doch dem Kleinen Mann.«

Die russischen Gangster steckten die Nasen in ihre Wodkagläser. Und Chick lud Mam und mich auf eine Tour durch seine Domäne ein. Ich sah, wie zweihundert Anstreicher über ein Krankenhaus herfielen und an einem halben Tag alle Wände weiß tünchten. Chickie nannte das »die Schockbehandlung«, weil niemand der Disziplin und dem Tempo seiner Anstreicher etwas entgegenzusetzen hatte. Er unterbot alle anderen Firmen in der Bronx, und er mußte ein Krankenhaus in einer unmöglich kurzen Zeit »beliefern« oder auf sein Honorar verzichten. Er schwang die Arme wie ein Konzertmeister – Chick hatte sogar einen Taktstock – und tippte damit jeden aus seiner Schocktruppe an, der bei der Arbeit einschlief.

Doch er hätte mit diesen Männern nicht an der Front sein sollen. Er spuckte Blut in ein Abdecktuch, wischte es mit der Hand weg. Mam hatte recht: Er hatte sich von den Schlägen nicht erholt und würde es auch nie mehr tun. Er war ein todgeweihter General, der seine eigene Zerstörung mit einem Taktstock dirigierte.

»Anstreicher«, sagte Mam zu ihm, »du gehörst eigentlich ins Bett.«

»Niemals. Mich sperrt keiner ein. Ohne den Geruch von Farbe könnte ich nicht atmen.«

»Sag das mal deinen Lungen, Darling.«

Chick wandte sich zu mir. »Baby, ich muß ein Krankenhaus mit zweihundert Leuten umzingeln, eine Belagerung planen und Blut spucken, damit deine Mutter ›Darling‹ zu mir sagt.«

»Hör auf«, sagte Mam. »Du gibst meinem Sohn einen falschen Eindruck.«

Chick konnte sich nicht einmal den Luxus einer Rückkehr ins Cedars of Lebanon gönnen, um dort eine kleine Auszeit zu nehmen. Meyer Lansky lag im Streit mit seinem eigenen Leutnant, und Chick wurde von dem Regenschirm des Kleinen Mannes plötzlich nicht mehr geschützt. Rivalisierende Firmen sabotierten seine »Schockbehandlung«. Sie heuerten Schläger an, die Onkel Chicks besten Anstreichern die Hände zerschmetterten. Und sie versprachen, Chick in einen Schneemann zu verwandeln, ihn weiß zu tünchen und die Tünche dann anzuzünden. Die Schläger bedrohten seine Kinder, schlenderten in Marshas Klassenzimmer an der William Howard Taft, rieben ihr das Gesicht mit Kreidestaub ein, schrieben »CHICK EISENSTADT IST EIN TOTER MANN« an die Tafel, verteilten Kaugummi und Bonbons an die Schüler und verschwanden wieder.

Chick heuerte russische Gangster an, um die Schläger zu bekämpfen, doch er mußte seine Anstreicherarmee auflösen. Die Steuerfahndung war ihm auf den Fersen, behauptete, er habe Bares eingesteckt, ohne es als Einkommen anzugeben, er schulde Uncle Sam hunderttausend Dollar. Chickie konnte nicht gleichzeitig gegen Schläger und Finanzamt kämpfen. Er tauchte unter, trug einen falschen Bart.

»Faigele, das ist alles Roosevelts Schuld. Ich habe Feinde in hohen Positionen.«

»Der Präsident verfolgt keine Anstreicher, nur Zahnärzte, die ihm zu seiner Wahl verholfen haben. Er verfüttert sie an Tom Dewey. Aber du hattest doch Generale und Admirale auf deiner Seite. Hast du deren Frauen denn nicht mit Seidenstrümpfen verwöhnt? Hättest du dich nicht an die wenden können?«

»Wie denn? Damit sie zugeben müssen, daß sie mit dem Schwarzmarkt ins Bett gestiegen sind? Die wollen ihre Weste in die Reinigung geben, wollen mich aus ihrem Kalender streichen. Das sind meine Feinde, Faigele.«

Da schaltete ich mich ein: »Onkel, ich werde dich verteidigen. Ich habe Darcy versprochen, daß ich Anwalt werde.«

»Aber nicht vergessen. Ich brauche dich, Baby, wenn ich wieder in Sing-Sing bin.«

Einmal im Monat gingen wir mit Chickie essen. Es war immer nachmittags, wenn das Bitter Eagles die Tür für Fremde schloß und Chick sich den Bart abzupfen konnte. Ohne den russischen Kuchen des Restaurants war er abgemagert. Er hatte Hustenanfälle und süßte den Tee, den er trank, mit seinem Blut.

»Chickie, melde dich in einem Krankenhaus an, bitte, sonst ist es zu spät.«

»Ich darf mich nicht zeigen. Sonst verhaftet Roosevelt mich.«

»Du Idiot. Roosevelt weiß doch gar nicht, daß du lebst.«

»Die Admirale haben mich auf die schwarze Liste des Präsidenten gesetzt.«

»Was für eine schwarze Liste?«

»Eine Liste der Leute, die nach dem Krieg eine Gefahr darstellen könnten.«

»Du eine Gefahr? Mein armer Chick. Der Präsident hat die Augen vor der Bronx verschlossen. Er hat uns an Dewey verliehen.«

»An Dewey verliehen«, sagte Chickie, und das war das letzte, was wir von ihm hörten. Keine Treffen im Bitter

Eagles mehr, keine monatlichen Essen. Er war der glücklose Renegat. Und wir waren die Verlierer. Wir mußten einen Lebenden betrauern, doch Mam war sich nicht immer sicher, ob Chick lebte.

»Faigele«, sagte ich, »wir müssen doch bloß den Friedhof absuchen. Chick könnte es nicht ertragen, außerhalb der Bronx begraben zu sein.«

»Und wenn er allein gestorben ist mit seinem lächerlichen Bart? Dann werfen die Cops ihn in ein namenloses Grab.«

»So blöd sind die Cops nicht. Der Bart würde abfallen, und dann würden sie wissen, daß es Chick ist.«

»Mein kleiner Sherlock Holmes«, sagte Mam. »Der Fall ist abgeschlossen.«

Doch das war er nicht. Weil die beiden Schwarzhändler, Darcy und Chick, Faigele nicht losließen, tot oder lebendig. Mams Hirn war wie mein Musikantenknochen. Es gaukelte ihr Sachen vor. Sie stand starr vor ihrem Spiegel, ein Auge voller Mascara, das andere Auge dunkel und nackt, und Mam war Jekyll *und* Hyde zugleich. Und sie murmelte: »Komm, Baby, wir ziehen zu dem Zahnarzt.«

Und ich mußte ihr gut zureden, ein knapp Siebenjähriger mit einer Brownie-Kappe und den Überresten von Ringworm auf der Kopfhaut, kalten kleinen Narben. »Mam, ich vermisse Darcy auch, aber wir können nicht zu ihm ziehen. Er ist unter der Erde. Und auch wenn ich mit einer Schaufel zum Woodlawn gehen und Darcys Sarg ausgraben würde, würden wir da nie reinpassen. Wir müßten den Deckel offenlassen, und dann würden die Vögel unsere Augen fressen.«

»Dann ziehen wir eben zum Anstreicher.«

»Den finden wir nicht, Faigele. Aber ich hinterlasse an der Wand vom Bitter Eagles eine Nachricht.«

»Bloß nicht«, sagte sie. »Sonst verhaftet Roosevelt ihn.«

»Mam, der Präsident gibt sich doch nicht mit Chick ab. Er tritt gegen Dewey an.«

»Dann bitten wir Dewey, ihn zu suchen.«

»Dewey ist ein Gangkiller. Der würde Chick erst recht verhaften.«

Boß Flynn bestellte Faigele ins Concourse Plaza. Sie wollte nicht hingehen, aber ich überredete sie. »Mam, er ist der Boß der Bronx und von Manhattan und vom ganzen Land. Vielleicht weiß er was Neues von Chick.«

Ich mußte Faigeles nacktes Auge zurechtmachen. Dann marschierte ich mit ihr zum Concourse Plaza. Flynn residierte im Zwischengeschoß, wo er seine Wahlkampfzentrale aufgeschlagen hatte. Mr. Lions war auch da, doch Flynn führte das Wort, und Lions brachte Kaffee.

»Wir brauchen eine Frau mit Charakter«, sagte er. »Unsere Madame Curie. Sonst wird das Büro trist. Und Mr. Frank hat uns sein Wort gegeben, daß er auf einer seiner Wirbelwindtouren auch durch die Bronx fährt. Ich würde Sie ja gern einladen, mit uns in seiner Limousine zu sitzen, aber leider wird nicht genügend Platz sein ... Fannie, meine Liebe, würden Sie dem Präsidenten denn nicht gern in der Parteizentrale die Hand schütteln?«

»Nur, wenn ich ihn nach Mr. Dewey und dem Zahnarzt fragen kann.«

Der große, dicke Riese schielte zu unserem Borough-Präsidenten hin. »Mr. Lions, Sie haben mir versichert, Faigele sei eine vernünftige Frau ... nun biete ich ihr den Händedruck des Präsidenten an, und sie tritt mich wie einen Hund.«

»Gott bewahre. Boß, sie hat es nicht so gemeint ... Faigele, sagen Sie ihm, daß es Ihnen leid tut. Mr. Flynn hat ein gutes Herz. Er macht Ihnen ein Wahlgeschenk. Er hat die Absicht, Sie zur Geschäftsführerin der Demokraten von Bronx County zu machen.«

»Mr. Lions«, sagte Mam, »ich bin Kartengeberin. Ich zähle keine Kaffeetassen.«

Flynn griff nach seinen Hosenträgern. »Als nächstes sagt sie mir noch, daß sie Tom Dewey wählt.«

»Nein«, sagte die dunkle Schöne. »Ich wähle überhaupt nicht.«

»Das ist ein Sakrileg. Ein Demokrat, der nicht wählt, ist ein Freund des Teufels. Ich habe Mr. Frank versprochen, daß jeder einzelne registrierte Demokrat in der Bronx ihn wählt.«

»Mr. Flynn«, sagte Mam, »Sie hätten mich fragen sollen, bevor Sie dieses Versprechen gaben.«

»Meine liebe Fannie, wir besitzen die Bronx. Wir können Ihnen Ruhm verleihen ... oder Sie aus unserem Lager werfen.«

»Ich war nur an der Abendschule, Mr. Flynn, aber sogar ich weiß, daß man Ruhm nicht verleihen kann.«

»Ihr Mann war einmal Luftschutzwart. Ich kann ihn wieder einsetzen, ihn zum Captain machen.«

»Trotzdem würde ich nicht wählen.«

»Boß«, sagte Mr. Lions, »sie ist nicht ganz bei sich, sie trauert um den Zahnarzt.«

»Und gibt mir die Schuld dafür. Darcy war ein guter Soldat. Er tat, was er zu tun hatte. Als ich ihn kennenlernte, war er verarmt, hatte keinen Cent in der Tasche. Ich befahl jedem Demokraten unter meinen Fittichen, sich Darcy als Zahnarzt zu nehmen ... und wenn Sie weiterhin so töricht sind, werden Sie eine sehr unglückliche Frau und zusammen mit Ihrer Familie Ausgestoßene auf einer Insel der Demokraten sein.«

»Die Bronx ist keine Insel, Mr. Flynn, das meinen Sie nur.«

So endete die Besprechung. Wir hatten nie wieder mit den Demokraten zu tun. Ich mochte Mr. Lions und auch das Concourse Plaza. Aber nicht so sehr, daß ich auf meiner Erinnerung an den Zahnarzt herumgetrampelt hätte. Ich kaufte sogar einem verkrüppelten Mädchen auf der Straße einen Dewey-Button ab und trug ihn aus reiner Gehässigkeit, doch ich mußte zugeben, daß Dewey kein guter Tausch war. Wenn Dewey nicht auf dem Zahnarzt herumgehackt hätte, dann hätte der noch immer sein Kartenspiel und jenen wunderbaren Stuhl ...

Roosevelt hielt Wort. Er kam in die Bronx, und er fuhr mit Mr. Flynn umher. Die Sea Scouts marschierten vor Flynn, so wie bei der letzten Parade, und die Rathcarts waren auch dabei. Nicht jedoch Harvey. Er wollte Arizona nicht verlassen, um in weißen Gamaschen herumzukaspern und noch einmal in einer Parade mit den Rathcarts zu marschieren. Ich verbarg den Dewey-Anstecker in meinem Hemd.

Der Präsident war in einen großen Mantel gehüllt. Er trug seinen Wahlkampfhut, ein altes graues Filzding. Es war, als sei jeder Demokrat auf Erden zum Concourse gereist, um einen Blick auf FDR zu erhaschen. Er war noch immer unser Gott, ein Gott allerdings, der sich gegen die Paley Charyns gewandt hatte. Dad mußte weinen. »Unser Oberbefehlshaber.«

Dieser alte graue Fuchs mit den verdrehten Beinen, der sich als erwachsener Mann eine Kinderkrankheit zuge-

zogen hatte, der keinen Schritt ohne ein Paar Metall-
stöcke gehen konnte, aber unter seinem Navy-Cape einen
ganzen Krieg auf den Schultern tragen mußte. Hitler
nannte ihn den »Mann ohne Beine«. Hitler war ein Lüg-
ner. FDR konnte Wasserball spielen und wie ein Seelöwe
schwimmen, im Wasser hätte er Hitler in die Pfanne ge-
hauen. Nur an Land war er hilflos. Vielleicht war ich ja
eingebildet, eine kleine Rotznase, doch ich verglich seine
Kinderlähmung mit Ringworm. Wir hatten uns beide
eine verrückte Krankheit eingehandelt. Ich war wieder
gesund geworden, aber waren wir einander im Grunde
nicht sehr ähnlich? Ich liebte FDR. Wir alle liebten ihn.
Er war schon vor meiner Geburt gewählt worden, und
keiner, nicht einmal George Washington, der eine seiner
größten Schlachten auf Harlem Heights geschlagen hatte,
gleich gegenüber vom Yankee-Stadion, hatte so lange wie
FDR gedient. Uns trennte die Parteipolitik. Die Demokraten führten Krieg gegen Mam, und ich konnte sie nicht
im Stich lassen, auch wenn FDR und ich beide durch das
Feuer einer Kinderkrankheit gegangen waren. Kinderlähmung war schlimmer als Ringworm, aber immerhin
hatten mich die Male auf meinem Kopf mit der Phantasie
ausgestattet, mit Mr. Franks verdrehten Beinen zurecht-
zukommen.

Faigele konnte nicht einmal mehr im Lebensmittelladen
auf Pump einkaufen: So weit reichten die kleinen dicken
Finger der Demokraten. Mam hatte unrecht gehabt. Die
Bronx war doch eine Insel der Demokraten. Dad überlegte, ob wir nach Far Rockaway ziehen sollten. Dort hätten wir den Strand und die Promenade gehabt, und ich
wäre den Haien und den U-Booten im Atlantik viel näher gewesen, sogar Herman Melvilles weißem Wal. Dem

Bronx-Almanach zufolge konnten Wale zweihundert Jahre alt werden. Doch Faigele interessierte sich nicht für weiße Wale, und sie ließ sich auch nicht von Boß Flynn aus der Bronx verjagen.

Dad überzeugte sie immerhin, den Concourse zu verlassen, einen Boulevard, der sie stets an Darcy und das Bitter Eagles erinnern mußte. Und wir kehrten zurück in die East Bronx, wo wir gewohnt hatten, bis ich viereinhalb gewesen war. Das Viertel war wie ein großes buntes Tuch mit krummen Straßen auf einer gnadenlos karierten Ebene. Boß Flynn verschlug es kaum einmal dorthin. Er hatte einen kleinen Laden, den er einen Monat vor der Präsidentschaftswahl aufmachte und sofort danach wieder schloß. Es wäre schlecht für sein Image gewesen, Leute registrieren zu müssen, die nicht wählen gehen wollten. Der Zahnarzt war einmal in der East Bronx unterwegs gewesen, um diesen Nichtwählern den Schädel einzuschlagen, und war gründlich kompromittiert wieder herausgekommen; je mehr Schädel er einschlug, desto weniger Wähler gab es in der East Bronx.

Nun brauchten wir uns um Flynns dicke Finger keine Sorgen mehr zu machen. Wir hatten eine größere Wohnung, weil die Mieten im Osten billiger waren. Ich hatte mein eigenes Bett und ein kleines Radio, und ich konnte »Lux stellt Hollywood vor« hören, eine Kurzversion der aktuellen Hollywood-Knüller mit zweitrangigen Stars in den Hauptrollen ... Tom Neal in *Casablanca* und Barbara Britton in *Madame Curie*. Und langsam, langsam wurde der Concourse zu einer vergessenen Landschaft, einem verlorenen Punkt auf der Landkarte eines heranwachsenden Jungen.

Eines vermißte ich: Im Osten der Bronx nannte Mam

niemand mehr »Madame Curie«. Aber wen sollte ich dafür verantwortlich machen? Hier liefen keine Zahnärzte wie Darcy herum, keine Anstreicher wie Chick, nicht einmal eine Nervensäge wie Marsha Eisenstadt. Es war, als wäre die Welt von roher Intelligenz und knisterndem Witz geradezu verlassen. Aber ich hatte ja mein Radio. Und ich studierte Wörterlisten, schrieb ungehobelte Sätze, während ich von jenem Anwalt träumte, der ich einmal Darcy zuliebe werden würde, um politische Gefangene und andere Opfer republikanischer und demokratischer Fehljustiz zu verteidigen. Anwalt Baby Charyn.

Wyatt Earp

Genau wie der Westen hatte auch der Osten seine Titanen. Doch es waren keine Politiker oder Zahnärzte, die massenhaft Köpfe einschlugen. Politik zählte nichts, so weit weg vom Concourse. Es gab nicht einmal einen ordentlichen Tempel, in dem ich Kunstunterricht hätte nehmen können. Wir lebten in einer Art isolierter Anarchie, und in dieser Anarchie gab es einen Schwarzen, Haines, der Hausverwalter unseres Wohnblocks war. Alle nannten ihn »Super«. Er muß fünfundfünfzig gewesen sein, aber er sah jünger aus als mein Dad. Er war im Ersten Weltkrieg Fußsoldat gewesen, Teil eines schwarzen Regiments, das in die französische Armee eingeschleust worden war und in den Wäldern der Argonnen kämpfte. Sein ganzer Körper war mit Narben übersät. Nach dem Krieg war er in Frankreich geblieben, trug weiterhin die Uniform eines Soldaten einer französischen Division, und erst als seine Uniform zu modern anfing, kehrte er in die Bronx zurück. Haines hatte eine Frau, eine Freundin, vier Kinder und ein Enkelkind, die alle bei ihm im Souterrain lebten. Der Super erinnerte ein bißchen an Bat Masterson und Wyatt Earp. In einem Viertel, das für seine Gesetzestreue nicht gerade berühmt war, sorgte er für Ruhe und Ordnung.

Haines gehörte keiner Schutzgeldorganisation an. Er forderte nichts von einem Ladenbesitzer, wenn er hineinstürmte, um einen randalierenden Betrunkenen ruhigzustellen. Und eine Gang, die aus einem Laden, der unter Haines' Schutz stand, Sachen mitgehen ließ, begriff schnell, daß sie die Sachen wieder zurückgeben mußte, wollte sie nicht die »Lizenz« verlieren, frei herumzulaufen. Haines war ein besserer Gangkiller als Tom Dewey. Er stürmte das Hauptquartier der Gang und nahm Einrichtung und Anführer auseinander. Und wenn die irischen oder italienischen Väter der Mitglieder einer Gang in das Souterrain kamen, um dem Super einen Besuch abzustatten, kamen sie stets klüger und bescheidener wieder heraus. Haines kämpfte gegen sechs von ihnen zugleich, schlug Köpfe ein, biß Ohren ab; wagte einer der Dads es, mit einer Waffe anzurücken, zupfte Haines sie ihm aus der Hand, donnerte die Kanone gegen die Wand und zwang diesen Dad, die Trümmer zu schlucken.

Die Cops zeigten sich im Osten nur selten, und die Ladenbesitzer am Southern Boulevard und der Boston Road wußten, woher der Wind in der Bronx wehte; für ihre Sicherheit war ausschließlich Kämpfer Haines zuständig. Er nahm kein Geld von ihnen an, ließ sich nicht bestechen, doch er konnte sie nicht daran hindern, seiner Familie kleine Geschenke zu machen. Der Kämpfer war ein armer Mann, aber immerhin hatte seine Enkelin ein Bettchen, und seine Frau und Kinder hatten es im Winter warm. Das war die einzige Dreingabe, die er duldete. Er erinnerte mich an den Rattenmann, Launcelot Perry, der finstere Orte liebte und nie jemanden um eines persönlichen Vorteils willen verprügelt hätte.

Auch zu Faigele und ihrem Jungen mit der Brownie-

Kappe auf dem Hirn war er freundlich. Er betrachtete Faigele und sich als Ausländer – Europäer, wie er sagte. Exilanten. Doch er war gar kein Europäer. Er war in der Bronx geboren. In Frankreich hatte er eine weitere Familie, eine Frau und ein Kind, die er hatte zurücklassen müssen, weil die Gendarmes ihm auf den Fersen gewesen waren (um zu überleben, hatte er gestohlen). Haines verwechselte mich mit seinem verlorenen Sohn. Nach der Schule ging ich immer zu ihm in das Souterrain und half ihm, Kohlen in den Heizkessel zu schaufeln. Im Schein der glühenden Kohlen war sein Gesicht schön. Er schaufelte immer ohne Hemd, und ich konnte seine Kriegswunden sehen, Narben, die wie verknorpelte Finger unter der Haut verliefen. Er nannte mich nicht Baby. Er meinte, ich sei zu alt für so einen Spitznamen.

»Super, seien Sie nicht so. Ich bin doch erst sieben.«

»Aber ich werde dich nicht wie einen Säugling anreden. Du hast einen Namen. Jerome.«

»Der ist für die Schule«, sagte ich. »Für Mam und Dad und meinen Bruder Harvey und meine Freunde bin ich Baby.«

»Wie viele Freunde hast du denn, Mr. Jerome?«

»Im Moment einen. Sie.«

»Na, wie ich gesagt habe. Ist doch aber traurig, wenn dein einziger Freund ein Opa und Krüppel ist.«

»Ich wäre gern so ein Krüppel wie Sie. Sie sind der Kämpfer. Unser Wyatt Earp.«

Haines fing an zu lachen. »Das ist aber aufmerksam. Mich mit einem Dieb und Mörder zu vergleichen.«

»Super, warum ein Mörder?«

»Bin ich dein Lehrer, Mr. Jerome? … Er hat eben Leute umgebracht.«

»Aber Wyatt Earp war doch Polizist. In Arizona. Wo mein Bruder lebt.«

»Na, so ein Zufall. Tja, ich bin dem Mann begegnet, als ich auf dem großen Bahnhof von Los Angeles als Gepäckträger gearbeitet habe. Ich mußte ihn aus dem Zug tragen, so betrunken war er, hat sich die ganze Hose vollgepißt.«

»Wyatt Earp?«

»Sich selber nannte er Earpy. Er wollte nicht allein auf die Toilette gehen. Hat gesagt, er gibt mir einen Dollar, wenn ich ihm helfe. Seine Hände zitterten so, daß er sich nicht allein den Hosenladen aufmachen konnte. Hab ihm gesagt, ich kann von Wyatt Earp keinen Dollar annehmen, und es wäre ungehörig, wenn die Leute ihn in seinem Zustand auf der Toilette für Weiße anträfen. Earpy willigte ein. Also ging ich mit ihm auf die Gepäckträgertoilette und machte ihn sauber. Und da erzählte er mir seine Geschichte, wie das damals war als Revolverheld. Er war nicht Sheriff in Arizona. Er war Wachmann und Detektiv bei Wells, Fargo.«

»Wer ist Wells, Fargo?«

»Was lern' die euch denn in der Schule? Also, Wells, Fargo war die größte Firma der Welt für Silber- und Goldtransporte. Und sieht so aus, daß Wyatt was von dem Silber mitgenommen und ein paar Leute erschossen hat.«

»Super, ich weiß, Sie würden nie lügen, aber das kann ich nicht glauben.«

»Na, das kann man doch alles nachlesen. Schlag mal Wyatt Earp im Lexikon nach. Du kannst doch lesen, oder, Mr. Jerome? Was willst du denn mal werden, wenn du groß bist?«

»Anwalt«, sagte ich.

Der Super lachte wieder. »Du meinst einen Rechtsver-dreher mit dem Grundrecht, Leute zu betrügen?«

»Ich würde nicht betrügen. Ich würde Sie beschützen, wenn Sie mal in den Tombs sitzen müßten.«

»Baby, ich war schon in den Tombs. Und das einzige, was ich da nicht gebraucht habe, war ein Anwalt.«

»Ich bin nicht Baby«, sagte ich. »Ich bin Jerome.«

Und mit Kohlenstaub in den Haaren rannte ich aus dem Souterrain …

Die Wirtschaft boomte, doch Dad hockte immer häufiger zu Hause, mit Krankheiten am Hals, die er selbst erfand, Mam hingegen bekam Arbeit in einer Süßwarenfabrik. Sie verbrachte Stunden damit, Kirschen in ein Faß mit Schokolade zu tunken. Die Fabrik lag in einem herunter-gekommenen Viertel bei der Edgewater Road, das voller Ratten war, die von einem Lagerhaus zum andern zogen, und Haines erbot sich, Mam nach Hause zu begleiten, wenn sie Überstunden machen mußte.

Manchmal nahm er mich mit, und dann staunte ich, wie andere Männer instinktiv vor ihm zurückwichen. Haines war nicht sehr groß. Doch er hatte den Tänzelschritt des Akrobaten und die dunklen Augen Wyatt Earps, so wie ich sie mir im Kopf ausmalte. Und als eines Tages drei Männer hinter der Mauer eines Lagerhauses hervorsprangen und versuchten, Faigele die Handtasche (mit ihrer Lohntüte darin) wegzureißen, kriegte ich mit, wie der Super loslegte. Er brauchte nur einmal herumzuwirbeln. Seine Arme schossen heraus, als er sich umdrehte, um Faigele zu schützen, und er verpaßte den Männern ein Ding an die Kehle. Sie purzelten gegeneinander, ohne die Handtasche, die Faigele längst wieder unterm Arm hatte.

Doch Mam mußte für Haines' Ritterlichkeit bezahlen. Seine Freundin Nita war sehr eifersüchtig. Sie war Mulattin und sah aus wie Lena Horne, die schönste Frau Amerikas. Nita war die schöne Wilde des Hauses. Haines' Ehefrau Mattie hatte ein schwaches Herz und verließ nie das Souterrain, doch Nita patrouillierte auf der Treppe, tat, als fegte oder wischte sie, und packte plötzlich einen Jungen aus dem Haus an den Fersen, drückte ihn gegen das Geländer, wenn sie konnte, und hauchte ihm ihren heißen Atem ins Ohr. Auf mich hatte sie es besonders abgesehen.

»Sag deiner Mama, sie soll meinen Mann in Ruhe lassen.«

Nita trug ein Kind im Bauch, Haines' Kind, und darauf war sie stolz. Das halbe Viertel war in Nita Brown verliebt, und die andere Hälfte nannte sie eine Klapperschlange, die einem Mann das Blut aussaugen könne. Ich war nur ein kleiner Pisser mit Narben auf dem Kopf, aber wenn ich irgendwo einen Garten besäße, wäre Nita die einzige Klapperschlange, die ich gern darin ausgesetzt hätte.

»Nita«, sagte ich zu ihr, »Mam ist nicht Mata Hari. Sie hat mit dem Super nicht geflirtet. Sie hat nicht mal Händchen mit ihm gehalten. Ich bin Zeuge. Ich war dabei. Er hat sie von der Fabrik nach Hause begleitet, und das mit gutem Grund. Drei Gangster haben versucht, ihr die Lohntüte wegzunehmen.«

»Gangster?« brummelte Nita und warf die Haare zurück.

»Waren das Nigger oder Ofays?«

»Was ist ein Ofay?«

»Jeder Mann mit einem weißen Pimmel.«

»Es waren Ofays, soweit ich gesehen habe.«

»Dann hat er sie bestimmt selber da aufgestellt … ständig
benutzt er Ofays, wenn er einer neuen Schlampe Eindruck machen will.«

»Mam ist nicht schlampig«, protestierte ich.

»Komm mal her, Baby«, sagte sie, und Nita nahm mich
auf die Arme. Ich saß über ihrem Bauch, konnte die
feinen goldenen Härchen ihres Schnauzbarts sehen, den
parfümierten Schacht zwischen ihren Brüsten riechen.

»Hörst du ihn pochen?«

»Wer pocht?«

»Mein kleiner Junge … Dynamite. So nenne ich ihn nämlich.«

Ich kostete das Paradies, und zwar in der East Bronx.
Aber es war zu früh vorbei. Nita setzte mich wieder ab.
Auf ihren Armen wuchsen die gleichen goldenen Här-
chen.

»Vielleicht kann ich ja deine Mata Hari sein«, sagte sie,
und dann schwänzelte sie mit wogendem Bauch in ihrem blauen Hauskittel zum Souterrain hinab. Und ich
ging wie auf Wolken, Nitas parfümierten Schweiß in der
Nase. Die Schule kümmerte mich einen Dreck. Die anderen in meiner Klasse waren so zurückgeblieben, die waren noch nie auf dem Concourse gewesen, und Kunstunterricht hatten sie auch keinen gehabt. Ich war die
Klassenleuchte und konnte wie kein anderer Junge über
die Politik der Bronx reden. »Die Bronx hat Roosevelt
wiedergewählt«, sagte ich (FDR begann gerade seine
vierte Amtszeit im Weißen Haus). »Boß Flynn und Mr.
Lions haben seinen Wahlkampf vom Concourse Plaza aus
geleitet. Die haben Mr. Dewey vernichtet. Es war ein
Bronx-Massaker.«

Ich stolzierte in der Gegend herum und träumte gerade

von Nita Brown, als ich bemerkte, daß der Brezelverkäufer vor der Schule verdammt verdächtig war. Er stocherte mit einem goldenen Zahnstocher zwischen seinen Zähnen wie die Gangster vom Bitter Eagles, trug einen Anzug mit Fischgrätenmuster, der mit Sicherheit von Feuerman & Marx geschneidert war, und hatte matte weiße Flecken auf den Schuhen.

»Wie geht's, Ringworm?« sagte er, um mich zu überrumpeln. Er hatte seinen falschen Bart gestutzt, und er sah aus wie der Fürst der Brezelverkäufer.

»Onkel Chick, du hättest Mam nicht weh tun sollen. Hättest du uns nicht eine Postkarte schreiben können, auf der du uns mitteilst, daß du noch lebst?«

»Postkarten können Spuren hinterlassen.«

»Und nenn mich nicht ›Ringworm‹. Das ist nicht nett.«

»Ich mußte deine Aufmerksamkeit auf mich ziehen. Du warst in höheren Regionen.«

»Was machst du denn in der East Bronx?«

»Ich bin auf der Flucht, genau wie du und Faigele.«

»Ein Brezelverkäufer auf der Flucht?«

»Das ist eine gute Tarnung. Hinter mir sind tausend Gorillas her, einschließlich Meyer. Jemand hat dem Kleinen Mann ins Ohr geflüstert, daß ich ihm und seinen Leuten was weggenommen habe, als ich noch Anstreicherboß war.«

»Und, hast du?«

»Lansky? Nie und nimmer … ach, es ist schön, dich zu sehen, Baby. Gibst du Faigele einen Kuß von mir?«

Ich erzählte Mam von dem neuen Brezelmann, dachte, sie würde Chick verschmähen und ihn nicht einmal um der alten Zeiten willen sehen wollen. Doch die dunkle Schöne war unberechenbar. Wäre Chick im Osten hochgekommen, Gangster oder Gewerkschaftsfunktionär geworden, hätte Mam ihn gemieden. Ein Brezelmann aber reizte sie.

Ich arrangierte das Rendezvous, weil es vielleicht nicht korrekt ausgesehen hätte, wenn eine verheiratete Frau sich mit einem fremden Brezelverkäufer unter den Augen der Ladenbesitzer auf der Boston Road getroffen hätte. Ich wählte die Leihbücherei, die in einem farbigen Viertel lag, in das die Ladenbesitzer keinen Fuß setzen würden. Onkel Chick kam mit seinem Brezelkorb und einer roten Rose. Ganz egal, was er getan hatte, er war Mams Kavalier. Und als er die dunkle Schöne sah, fing er zu weinen an.

»Du Trottel«, sagte Mam, »wir sind hier in der Leihbibliothek.« Doch sie nahm den ehemaligen Anstreicher in die Arme, wiegte ihn eine Minute lang und ließ ihn wieder los.

»Ich bin schuld«, sagte er. »Faigele, wegen dir bin ich Brezelmann geworden.«

»Du Dummkopf«, sagte Mam, »das klingt ja ziemlich sentimental.«

»Aber es ist wahr. Ich habe einen Gorilla angeheuert, der die ganze East Bronx nach Faigeles absuchen sollte, und dann habe ich auch selber noch ein bißchen rumgeforscht und mir die Lizenz zum Brezelverkaufen vor Babys Schule besorgt. Hab mir gedacht, daß Baby mich entdecken würde.«

»Warum hast du nicht an meiner Tür geklopft?«

»Ich darf nichts riskieren. Ich werde gesucht.«

Die Bibliothekarin starrte zu ihm hin, und Onkel Chick ging mit uns und seinem Brezelkorb auf die Straße. Wir setzten uns in eine Eisdiele für Farbige und tranken

Schokoladenmilchshakes. Mam, Chick und ich waren offenbar unter demselben Mond geboren, denn wir waren verrückt nach allem Schokoladigen.

Chick hatte keine Adresse. Er rannte von Zimmer zu Zimmer und schüttelte Meyer Lanskys Leute ab. Sein einziger Fixpunkt auf der Welt war sein Brezelkorb. Aber er hatte sein Talent als Unternehmer nicht vergessen. Er begann, die anderen Brezelverkäufer zu organisieren, damit sie ein bißchen Macht bekamen und die Lieferanten zwingen konnten, den Brezelpreis zu senken. Dabei hatte er sich ein Pseudonym zulegen müssen, Michael Strogoff, der Name eines sibirischen Fürsten. Doch die Lieferanten waren über diesen Michael Strogoff gar nicht glücklich. Sie heuerten eine Gang aus der Gegend an, die Pistoleeros, die sollten Chick windelweich prügeln. Sie hatten allerdings nicht mit Haines gerechnet ...

Der Kämpfer erschien, als die Pistoleeros sich gerade daran machten, Chick und seinen Brezelkorb auseinanderzunehmen. Sie verschlangen sämtliche Brezeln und zogen Onkel Chick die Kleider vom Leib. Michael Strogoff stand nackt da in seinem Sibirien: dem Winter in der East Bronx. Haines wußte nichts von den Problemen eines Brezelmanns. Er war gerade auf Patrouille im Viertel, einfach so, und sorgte für Ruhe und Ordnung. Er warf sich mit Händen und Füßen auf die Pistoleeros, trat, schlug in Gesichter, erstickte die Kriegsschreie der Gang, bis er Chick und den Korb befreien konnte. Die Pistoleeros kapitulierten und boten an, die Brezeln zu bezahlen, die sie gegessen hatten.

»Ihr seid erledigt«, sagte Haines. »Haut ja ab.«

Der Kämpfer sagte kaum ein Wort zu Chick, fragte ihn nicht einmal nach seinem Namen. Er half Michael Strogoff beim Anziehen, und als der sibirische Fürst nach seiner Brieftasche griff, um den Kämpfer zu belohnen, lehnte der Kämpfer ab.

»Wenn meine Verlobte mal vorbeikommt, dann geben Sie ihr eine Ihrer Brezeln … aber keine weiche, die dem Wetter ausgesetzt war, sondern eine von denen, die Sie unter Ihrer Serviette haben.«

»Wie soll ich Ihre Verlobte denn erkennen?«

»Ach, Sie können Nita nicht verfehlen. Sie ist nicht schüchtern und stellt sich selber vor.«

Das hätte das Ende der Geschichte sein sollen, doch es kam anders. Die Dads der Pistoleeros fingen an zu grübeln. Am meisten Kummer bereitete ihnen, daß der Kämpfer ihre Söhne gezwungen hatte, einem unbekannten Brezelmann Geld zu geben. Sie redeten mit den Lieferanten, die wiederum mit einem Gewerkschaftsfunktionär redeten, der mit einer von Meyer Lanskys Todesschwadronen in Verbindung stand, und diese Todesschwadron redete mit dem Kleinen Mann persönlich. Das hatte nichts mehr mit Brezeln oder Pistoleeros zu tun. Die Todesschwadron hatte herausgefunden, wer Michael Strogoff war. Und es störte den Kleinen Mann, daß ein farbiger Hausmeister, der gern Sheriff spielte, einen auf Meyers Abschußliste gerettet hatte.

Diese Todesschwadron – zwei polnische Bäcker aus der Tinton Avenue in der East Bronx – kroch morgens um drei mit Pistolen, Messern und Baseballschlägern in das Souterrain und holte den Super aus dem Bett, sagte ihm, er könne friedlich sterben oder einen Aufstand machen und dann zusehen, wie seine Frauen und Kinder litten. Haines lachte wie ein Schakal. »Ihr bringt sie doch alle um, egal, was ich mache.« Sie stachen ihn nieder, schossen zweimal auf ihn, schlugen ihm auf den Kopf, doch der Super ging nicht einmal auf ein Knie. Er warf sich auf die Bäcker und biß ihnen die Nase ab ...

Der Kämpfer und seine Sippe waren die einzigen, die das Souterrain lebend verließen. Die Cops rückten an, suchten nach Spuren. Ihre einzige Neugier an dem Fall galt dem Umstand, daß ein farbiger Hausmeister seine eigene Exekution durch die Unterwelt überlebt hatte. Sie legten eine schmutzige Decke über die Bäcker und riefen für Haines den Krankenwagen.

Der Super war seitdem nicht mehr der alte. Er kam vom Krankenhaus mit einer Metallplatte im Schädel zurück. Er mußte mit den Fingern zählen und konnte nicht einmal den eigenen Namen buchstabieren. Dennoch war er weiterhin der einzige Freund, den ich hatte. Er vergaß, wie man Kohle schaufelt, und ich konnte tun, was ich wollte, es gelang mir nicht, ihm beizubringen, wie man eine Schaufel hält. Er vergrub sich in den Kohlenbunker und starrte an die Wand.

»Kommen Sie, Super, Sie sind noch immer Wyatt Earp.«

»Ja«, sagte er. »Ich tauge noch dazu, Pfefferminz zu lutschen und mir in die Hose zu pissen. Genau wie Earpy.«

Nita hatte eine Fehlgeburt. Mam kümmerte sich um sie, legte ihr feuchte Tücher auf den Kopf, hüllte sie in alle Decken, die sie auftreiben konnte. »Mrs. Fannie«, sagte Nita in ihrem Delirium, »können ich und der Super nicht bei den Engeln wohnen?«

»Keine Engel«, sagte Mam. »Noch nicht.«

Mam war schrecklich bedrückt; sie konnte sich nicht erklären, warum zwei Bäcker aus der Tinton Avenue Haines umbringen wollten. Chickie mußte uns aufklären. Er war nicht mehr Michael Strogoff. Er hatte seinen Brezelkorb verschenkt. Wir trafen uns in der Bücherei, und er erzählte uns, wer hinter den Bäckern steckte. Lansky, der Kleine Mann.

»Und du hättest den Super nicht warnen können?« Mam weinte jetzt.

»Faigele, es war ein Fait accompli.«

Ich mußte nicht einmal fragen, was ein Fait accompli war. Etwas, was nicht mehr aufgehalten werden konnte, wie der Lauf des Schicksals.

Mam beugte sich über den Büchereitisch, um Onkel Chick zu schlagen. Es war der traurigste Schlag, den ich je gesehen hatte. »Das ist mein Fait accompli, Darling … Der Super hat dir das Leben gerettet. Du hast es ihm verdankt.«

»Faigele, ich konnte es nicht … ich hatte zu sehr Angst. Und ich wußte auch nicht, wo oder wie der Kleine Mann zuschlagen würde.«

Mam packte mich an der Hand, und wir ließen Onkel Chick in der Bücherei sitzen. Sie mußte dafür, was mit dem Super geschehen war, einen Teil der Verantwortung tragen. Aus Liebe zu ihr war Chickie in der East Bronx als Brezelmann aufgetaucht. Und wegen dieser Brezeln war Haines wieder zu einem kleinen Jungen gemacht worden.

»Jetzt kannst du zu mir Baby sagen, Mr. Jerome.«

Aber ich konnte es nicht. Für mich war er nicht Baby. Er war ein verwundeter Krieger.

Roosevelt starb, während Haines noch im Krankenhaus lag. Er hatte im Kleinen Weißen Haus in Warm Springs, Georgia, eine Gehirnblutung. Von Amerika weiß ich es nicht, die East Bronx aber hat um ihn getrauert. Das Viertel schien sich in Zeitlupe zu bewegen. Auf der Straße war keine Straßenbahn zu sehen. Die Geschäfte waren wie ausgestorben. Plötzlich hingen Fahnen aus den Fenstern, waren da Bilder von Roosevelt in seinem Cape. Und Mam war am Überschnappen, denn sie liebte Roosevelt und haßte ihn gleichzeitig, weil er den Zahnarzt im Stich gelassen und Dewey geopfert hatte.

»Baby, ich habe FDR nicht gewählt ... deshalb habe ich dem Präsidenten einen bösen Zauber angehängt.«

»Mam, Mam, Millionen Menschen haben Roosevelt nicht gewählt.«

»Aber nicht in der Bronx«, sagte Mam. »Da war ich die einzige. Baby, ich habe ihn so verehrt, und das hat der Teufel ausgenutzt und meinen Haß in einen großen, bösen Blitz verwandelt, der das Gehirn des Präsidenten getroffen hat.«

Ich würde nie Anwalt werden. Ich konnte nicht beweisen, daß Mam Roosevelt nicht umgebracht hatte. Sie blieb zwei Wochen im Bett, dann ging sie wieder in ihre Süßwarenfabrik. Ihr Boß tadelte sie nicht. Mam war die beste Kirschentunkerin der Stadt. Und zudem hatten viele Frauen nach Roosevelts Tod unerlaubt gefehlt. Doch Faigele konnte es sich nicht leisten, krank zu sein. Sie half ja Nita Brown.

Nita mußte der neue Hausverwalter unseres Wohnblocks werden, sonst hätte man Haines die Souterrainwohnung weggenommen, und Mattie und die Kinder wären auf der Straße gelandet. Sie war nicht kräftig genug, um ein ganzes Haus allein in Schuß zu halten; Mam und die Kinder fegten die Flure, und ich bediente nach der Schule den Speisenaufzug. Ich war gern Hausverwalterassistent. Doch wir mußten Nita decken. Nachdem der Super den Verstand verloren hatte, wurde sie noch wilder. Sie schaufelte Kohlen, ohne etwas anzuhaben. Mir machte das nichts aus, aber die Mieter begannen sich zu beschweren. Sie sei verlottert, sagten sie. Eine Verführerin. Sie sitze auf der Treppe und streichele die eigenen Brüste.

Der Hausbesitzer feuerte sie, gab ihr eine Woche, um mit dem Kämpfer und seiner Horde auszuziehen. Faigele legte ihren Silberfuchsmantel und ihr bestes Parfüm an, malte sich den Mund rot, dann gingen wir den Hausbesitzer, Harry Harkins, in seinem Büro in der West Farms Road besuchen. Mam hatte nicht den Mut, Haines im Kohlenbunker zurückzulassen, aber mitnehmen konnten wir ihn nicht. Das wäre für den Hausbesitzer nur Munition gegen uns gewesen.

Harkins besaß und verwaltete hundertfünfzig Brandfallen im Osten. Wir mußten eine Stunde warten, bis wir zu ihm vorgelassen wurden, aber als wir endlich eintraten, kriegte er die Augen nicht von Mam. Er war ein siebzigjähriger Mann mit traurigem, wäßrigem Blick. Wir stellten uns vor, und Harkins küßte meiner Mutter die Hand.

»Faigele, ich schenke Ihnen einen Diamanten … schikken Sie den Jungen weg.«

Mam tippte ihm sanft auf die Wange. »Schämen Sie sich, Harry. Ich möchte, daß Sie Nita Brown wieder einstellen.«

»Haines' Hexe? Unmöglich. Sie hat kein Recht, sich im Haus aufzuhalten. Sie ist eine Hausbesetzerin.«

Nichts konnte Harry Harkins umstimmen, weder das Lächeln noch das Parfüm, noch die Kriegsbemalung meiner Mutter. Wir hasteten aus der West Farms Road und stiegen in einen Bus zum Concourse. Seit unserem Wegzug, Monate zuvor, war es mein erster Besuch. Die Deutschen hatten gerade kapituliert, und der Concourse war in Festtagslaune. Der Tempel Adath Israel war bedeckt mit Fahnen und elektrischen Kerzen. Nun brauchte sich niemand mehr Sorgen zu machen, daß Hitler in der Bronx jemals zu Mittag essen würde.

Die Gebäude badeten in dem Silberlicht, das dem Concourse eigen war, als hätten sich Sonne und Mond irgendwo am Himmel getroffen und schienen nun gemeinsam auf die West Bronx herab. Doch Mam hatte es eilig, und wir konnten nicht innehalten und uns an unsere Vergangenheit erinnern. Wir stürmten in das Concourse Plaza und fanden Fred R. Lions in der Lobby sitzen, auf seinem karminroten Sessel hielt er hof. Er beäugte Faigele mit grauen Politikeraugen.

»Wollen Sie wohl verschwinden, Sie? Sie sind eine Ausgestoßene, Sie und dieser Junge mit Ringworm.«

»Ich habe es Ihnen schon einmal gesagt. Babys Kopf ist wieder gesund.«

»Aber er trägt noch immer diese verfluchte Kappe von den St. Louis Browns ... verschwinden Sie.«

»Sie sind mein Präsident«, sagte Mam. »Ich habe das Recht, Sie zu besuchen.«

»Gott bewahre. Sie sind keine Demokratin. Sie wurden aus der Truppe ausgeschlossen. Wenn der Boß auch nur ahnen würde, daß Sie da sind, würde ich meinen Platz im Plaza verlieren ... Faigele, wir sind Waisen, nun da Mr. Franklin uns verlassen hat.«

»Sie müssen mir einen Gefallen tun.«

»Unmöglich.«

»Rufen Sie Harry Harkins an und sagen Sie ihm, daß Nita Brown Ihnen am Herzen liegt.«

»Wer ist Nita Brown?«

»Eine Hausverwalterin am Seabury Place.«

»Sie gehört zu Wyatt Earp«, sagte ich.

Mr. Lions zwinkerte uns zu. »Verstehe. Der Sheriff, der Meyer Lansky fast kaltgestellt hätte. Den würde ich gern kennenlernen. Aber warum soll ich mich da einmischen? Was habe ich davon? ... Meine Güte, habe ich Sie vermißt. Was Sie für ein Magnet wären, wenn Sie nur zustimmen würden, für die Demokratische Partei Karten zu geben.«

»Ich mach's, Fred. Einmal nur. Aber erst rufen Sie Harkins an ... *Nita Brown*.«

Die Augen des Borough-Präsidenten erstrahlten in der silbernen Farbe des Concourse. Er ließ sich vom Pagen ein Telephon bringen. Er zog Harkins' Nummer aus einem Büchlein, wählte, flüsterte in den Hörer, gab ihn dem Pagen zurück und zwinkerte meiner Mutter zu. »Erledigt. Ihre Nita Brown rührt keiner mehr an ... Geben Sie also nun für uns, Faigele, meine Liebe?«

Mr. Lions versammelte so viele Demokraten, wie er konnte; sie saßen um einen langen Tisch herum, während Faigele, eine Philip Morris im Mund, für sie die Karten gab. Ich hörte Mam den gleichen Hokuspokus herunterleiern wie früher. »Paar Könige ... möglicher Flush.«

Die Demokraten waren hingerissen. Sie spendierten der dunklen Schönen üppige Trinkgelder. Mam machte mehr Geld in zwei Stunden als in einer Woche Kirschentunken. Doch sie hatte für Nita Brown gegeben und nicht, um Geld zu verdienen.

Auch als sie noch auf dem Schwarzmarkt arbeitete, hatte Mam sich nie viel um Geld gekümmert. Mochte der Zahnarzt für seinen Lebensunterhalt Köpfe eingeschlagen haben, in Mams Augen war er ein gebildeter Mann, ein Idealist, der lieber von Tschechow und dem Boulevard du Tzarewitch als von den banalen Dingen der Bronx träumte. Ich weiß nicht. Nicht Tschechow hatte ihn umgebracht. Sondern die Demokratische Partei …

Wir verließen Mr. Lions, der uns auf den teppichbelegten Stufen der Lobby mit dem Bombast eines Präsidenten der Bronx folgte.

»Faigele, ich weiß von Ihrer Fabrik. Wir haben Sie beobachten lassen. Eines schönen Tages fallen Sie noch in das Schokoladenfaß, dann findet Sie keiner mehr.«

»Von wegen, Mr. Lions. Ich habe den Zaren überlebt. Ich überlebe auch eine Süßwarenfabrik in der Bronx.«

Wir fuhren nicht gleich zurück in den Osten. Mam mußte sich wie jeder gute Geber erst das Pokerspiel aus den Knochen schütteln. Sie paffte an ihrer Philip Morris, sog das Licht des Concourse ein, die dunkle Schöne aus Weißrußland, die umgeben von Schokoladenkirschen lebte, während Dad von Dämonen verfolgt wurde. Er hatte sich nie von seinem verlorenen Status als Luftschutzwart erholt. Sam war am glücklichsten gewesen, wenn er während einer Verdunkelung seinen weißen Helm aufhatte und Befehle brüllte. Jetzt besuchte er keine Huren in Miami mehr. Er war nicht mehr Vorarbeiter in einer Pelzwerkstatt. Er hatte überhaupt keine Werkstatt, und er stand außerhalb der Gleichung, die zwischen Mam und mir bestand.

Ich war der Beschützte, Faigeles Anton Tschechow, der noch immer keinen Satz schreiben konnte. Aber ich hatte meinen eigenen Boulevard du Tzarewitch, meine eigene dunkle Schöne mit einem Hündchen. Diese dunkle Schöne ertrank nicht in Nizza, und ihr kleines Hündchen namens Hündchen hätte auch »Jerome« heißen können. Hündchen entdeckte die Welt durch die Augen sei-

nes Frauchens ... und große, stämmige Männer, die die
dunkle Schöne ansahen, während das Hündchen wiederum die Männer ansah und die Verzückung auf ihren
Gesichtern »lesen« konnte. Die dunkle Schöne gehörte
Hündchen, und Mam gehörte Baby, nicht den Feuer-
wehrmännern und Postboten und den Kantoren aus
Weißrußland oder der Bronx. Deren Blick konnte Faigele und mir nur Macht verleihen.

Noch immer kehrten wir nicht in den Osten zurück. Mam
kaufte von ihren Prämien, die sie bei Mr. Lions' Spiel
bekommen hatte, einen Einkaufswagen aus Draht. Ich
fragte mich, ob sie die Abfalleimer plündern und nach
Trödel suchen wollte, den die Leute auf dem Concourse
für die Müllabfuhr hinausgestellt hatten. Doch Mam war
nicht hinter Schrott her. Es war ihre alte Marktroute. Als
wir noch am Concourse wohnten, kaufte Faigele gern
auf dem italienischen Markt in der Arthur Avenue ein,
wo sie exotisches, langnasiges Gemüse und purpurne Oli-
ven und Eier mit zwei Dottern fand.

Es war ein langer Weg zur Arthur Avenue, und ich
mußte Faigeles Karre den Hügel hinablenken, vorbei am
Claremont Park bis hin zur Webster Avenue, ein Kind mit
einer Brownie-Kappe und seiner Mutter, die aussah wie
ein Filmstar. Ich will mich nicht zu all den Männern äu-
ßern, denen Faigele die Sprache verschlug. Wir waren
auf einer Mission, und Mam erwiderte keinen der Blicke.
Wir gingen durch die Third Avenue zur Quarry Road und
dann um das katholische Krankenhaus für chronisch
Kranke herum in die Arthur Avenue. Ich dachte, ich
würde verrückt, weil es dort gar nicht war wie Frühling
oder Sommer. Die Ladenbesitzer hatten zum Tag des alli-
ierten Sieges anscheinend ein zweites Weihnachten be-

stellt. Über die Arthur Avenue waren in riesigen Draht-
kronen Weihnachtslichter gespannt, bunte Birnen, die in
dem Filigrangewirr steckten. Aus den Fenstern starrte
der Weihnachtsmann zu uns herab.

Die Mittagszeit war vorbei, das Dominick's hatte geschlossen, doch als eine dunkle Schöne in das Restaurant
spähte, konnten die Tresenmänner nicht widerstehen:
Sie machten das Dominick's für uns wieder auf. Wir aßen
Nudeln mit »wütender Arabersoße« (*arrabbiata*), und
Mam trank dunkelroten Wein. Die Tresenmänner wollten sie nicht bezahlen lassen. »Signorina, das würde unsere Ehre beleidigen«, sagten sie.

Ich mußte für Mam navigieren, sie aus dem Restaurant
führen, da ihr Kopf voller Rotwein war. Faigele begann
in ihrem Silberfuchsmantel zu torkeln, und ich stützte sie
und versuchte, den Wagen zu rollen. Wir wollten gerade
in die Markthalle gehen, als sich uns eine abgerissene
kleine Schar näherte, Männer in komischen Uniformen,
mit grauen Schnauzbärten und riesigen, forschenden Augen. Es waren italienische Kriegsgefangene in Begleitung
von Militärpolizisten mit Pfeifen, Helmen und Gewehren.
Polizisten, die wie Dompteure aussahen, hatten etwas Al-
bernes. Was nicht ihre Schuld war. Man hatte sie in eine
merkwürdige Lage gebracht. Italien hatte schon vor Jahren kapituliert, und die Kriegsgefangenen hätten längst
nach Hause geschickt werden sollen, nicht aber, solange
die Deutschen noch fast ganz Italien besetzt hielten. Jetzt
waren die Deutschen selbst Kriegsgefangene, und Berlin
hatte sich in eine Stadt der Ratten und der Trümmer verwandelt, doch diese italienischen Kriegsgefangenen, die
eigentlich gar keine Gefangenen mehr waren, steckten in
einem eigenartigen Zwischenreich von Unpersonen, die

kein Zuhause haben. Offenbar hatte ein netter Kommandeur der Militärpolizei, der sie in einem Lager irgendwo im »Landesinnern« (das war ein Militärgeheimnis) festhielt, beschlossen, sie auf einen Ausflug in ein typisch italienisches Viertel zu schicken. So jedenfalls hatten es uns die Tresenmänner im Dominick's erklärt. Die Arthur Avenue hatte entschieden, für diese »bedauernswerten Kerle« ihre alten Weihnachtsdekorationen herauszuholen.

Waren nicht auch sie Wanderer wie Mam und ich? Gefangen in dem Rätsel unseres Jahrhunderts, feierten sie Weihnachten im Mai in einer winzigen italienischen Seifenblase. Sie waren nicht wie die Feuerwehrmänner, die Mam begafften; sie wollten die dunkle Schöne nicht mit den Augen besitzen. Sie suchten nichts als Trost außerhalb des Gefangenenlagers. Spürte Mam in deren komischer Kleidung und deren Zirkustiergang vielleicht ihre eigene Gefangenschaft? Sie flüsterten nicht, sie warfen keine lüsternen Blicke. Sie schauten nur. Und Mam wollte sich diesen Gefängnisclowns nicht entziehen. Sie fiel aus ihrem Torkelschritt und nahm jeden einzelnen Gefangenen in die Arme, ließ sie das Gesicht in den seidigen Pelz ihres Mantels drücken, während die Militärpolizisten verwundert dastanden, als wären sie selbst Gefangene, von Faigeles Wärme ausgesperrt.

Die dunkle Schöne küßte jeden Kriegsgefangenen zwischen die Augen. Und dann schnappte sie unseren kleinen Wagen und führte mich in die erhellte Höhle des Markts, wo ich Gefangene und Polizisten vergessen und nach Wundereiern mit zwei Dottern suchen konnte.

Ich dachte an den Kämpfer, der in seinem Kohlenbunker lebte, und wollte ihm ein langnasiges Gemüse oder eine purpurne Olive mitbringen, die ihm ein wenig von seiner früheren Intelligenz zurückgeben würden. Doch die Arthur Avenue konnte den Super nicht heilen. Er war ein Idealist wie Darcy, und was hatte es ihm gebracht? In einem Souterrain, in dem er einmal geherrscht hatte, war er ein Kind seiner eigenen Kinder. Aber noch immer hatte er die Aura Wyatt Earps. Er wartete auf Mam vor ihrer Süßwarenfabrik, begleitete sie nach Hause. Und wer wollte es wagen, seine Schlagkraft auf die Probe zu stellen? Wir tanzten unsere krumme Bahn. Der Kämpfer, Mam und ich, und jeder ging uns aus dem Weg.

Bildteil

Faigeles Bruder Mordecai, 1937

Die dunkle Schöne (links) mit drei Freunden,
Weißrußland, um 1926

Faigele zwischen zwei anderen Freunden,
Coney Island, um 1929

Die Schwestern Paley,
Anna und Faigele, 1930

Faigele und Sam, 1933

Faigele und Harvey, 1935

Harvey in der Uniform eines
Marinescouts, 1944

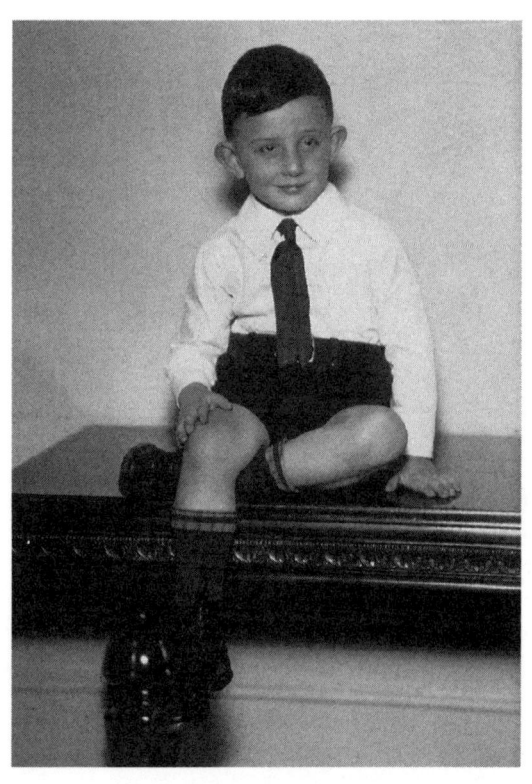

Baby Charyn,
kurz bevor diese Geschichte beginnt

Inhalt

Joe Fiorito
Die Stimmen meines Vaters

Ein Mann wacht am Bett seines Vaters und läßt sich zum letzten Mal all die Geschichten seiner italienischstämmigen Einwandererfamilie erzählen, die ihn seit seiner Kindheit begleitet haben. Zum Weinen traurig, zum Lachen heiter und voller Leben, Liebe, Tod: ›Die Stimmen meines Vaters‹ ist das ergreifende Porträt eines kanadischen Postboten und Tanzkapellenmusikers, der trotz aller Armut leidenschaftlich zu leben verstand.

»Joe Fioritos grandiose Erinnerungen gehören mit Frank McCourts ›Die Asche meiner Mutter‹ und Philip Roth' ›Mein Leben als Sohn‹ auf ein und dasselbe Regalbrett.«   *Mordecai Richler*

»Dieses Buch steht monolithisch in der kanadischen Literaturlandschaft. Es ist ein wilder, bezaubernder Solitär.«

Financial Times Deutschland

Aus dem Englischen von Sigrid Ruschmeier
380 Seiten, Gebunden
ISBN 3-8286-0116-2

Die amerikanische Originalausgabe erschien 1997
unter dem Titel ›The Dark Lady from Belorusse‹
im Verlag St. Martin's Press, New York
© 1997 Jerome Charyn und Editions Gallimard, Paris

Deutsche Ausgabe:
© 2000 Alexander Fest Verlag, Berlin

Der Verlag dankt Jerome Charyn
für die freundliche Genehmigung,
die Photographien abzudrucken
(© Privatarchiv Jerome Charyn).

Umschlaggestaltung: Ott + Stein, Berlin
Umschlagreproduktion: MetaServices, Berlin
Buchgestaltung: ⑤ sans serif, Berlin
Gesetzt aus der Meridien
Druck und Bindung: Clausen & Bosse, Leck
Printed in Germany 2000
ISBN 3-8286-0124-3